桜ノ国

～キルシュブリューテ～

花丸文庫BLACK

水無月さらら

桜ノ国 ～キルシュブリューテ～　もくじ

イラスト／宝井《たからい》理人《りひと》

きりりと冷えた空気に触れようと、赤松惣一郎《あかまつそういちろう》は窓辺に立った。前日からしんしんと雪が降り続いた早朝のことである。

建具《たてぐ》の滑りは悪かったが、不屈の意志を持つ彼は剣道で鍛えた腕に渾身の力を込めた。

入り込んできた刺すような冷気に取り巻かれ、彼が満足の笑みにくっと唇の両端を吊り上げたとき、背後では寝ている同室者三人が呻きながら布団を顔の上へと引き上げた。

「ふ」

その気配を嘲笑いつつ、惣一郎は眼下に広がる雪景色を眺めた。

西と東の学生寮の間には理事長の銅像を囲む庭がある。雪を被った塑像《そぞう》はそれらしい輪郭を残すだけで、春や夏には鮮やかな花を咲かせるサツキの植え込みにしろ、配置に凝《こ》った庭石にしろ、今や全てが雪の下だ。

三本の丈高いヒマラヤ杉のとげとげした葉にもパウダースノーが入り込み、全体がひっそりと鈍い灰色に染まっている。

幼少期、惣一郎はこういう景色の中にいた。

彼は赤松伯爵の嫡男だが、母はオーストリアのヘッセン侯爵令嬢である。第一次世界大戦が始まる直前、九歳まで広大な森に囲まれた古城で育った。

額の高い端整な顔はさすがに日本人離れしている。量の多い髪は金茶色で、瞳は青味がかった灰色だ。

その人目を惹く冴えた容姿に、寝間着として愛用する浴衣は不似合いなようだが、若々しい肉体を襟の合わせから見せつけるには十分である。

窓を開け放った今、こなれた薄い生地の浴衣では寒いはずでも、惣一郎の白い皮膚は鳥肌立ってもいない。

まだチラチラと舞っている雪に手を伸ばし、掌を広げた。

掌で受けた雪はすぐに水となった。

「……儚いものだな」

ふと、そのとき、視界の下方に人の存在を見た。

こんな明け方に雪見などする物好きは自分だけと思いきや、驚くべきことにもう一人いたようだ。

渡り廊下にひっそりと立ち、虚空を見上げる下級生には見覚えがあった。

小堀文弥《こぼりふみや》である。

男色を良しとする硬派《こうは》の連中がことあるごとに噂する、理乙《りおつ》（理＝理系・乙＝独語選択）一年に在籍するすこぶるつきの美少年だ。

惣一郎はわざわざ見物に出向くような真似はしなかったが、擦れ違った折にこの子かと振り返って見たことはあった。

内気らしく、文弥は顔も上げられないといった風情《ふぜい》で伏し目がちだった。

視線に気づいてか、ついと顔を上げた。惣一郎の日本人離れした外見が物珍しかったのだろう、黒目がちの潤んだ瞳でジッと見つめてきた。

その無遠慮さに惣一郎が口を皮肉っぽく歪《ゆが》ませると、彼はハッと飛び上がるようにして慌ただしく立ち去った。

確かに、文弥の顔立ちは可憐で、騒ぐに値する美々しさも認められなくはなかったが、その所作に小者らしい卑しさを感じた。

その後も何度か顔を合わせる機会はあったと思う。

しかし、それ以来、惣一郎は文弥を目に入れることはなかったし、もちろん言葉を交わすこともなかった。

今、雪の中庭を前にしている文弥は、寝間着の上に綿入れを羽織っていた。

それは夜中に厠《かわや》に行くには妥当な装いだったにせよ、細い首や袖から出ている手首は青白く、華奢にすぎ、下駄を履いた裸足がぞろりと寒そうに見えた。

文弥は自分を見下ろす惣一郎の存在に気づかず、舞い踊る雪を眺め続けている。

不意に、腕を前へと伸ばした。

上にした掌にひとひらの雪を受け――体温でそれはじゅっと溶けただろうか、文弥は一度掌を閉じてから、ゆっくりと開いた。

恐らくはもうなにもない自分の掌を見下ろし、彼がなんと思ったのかは分からない。華奢な首を傾げ、可憐な赤い唇をもごもごと動かす様子はあどけなかった。

肌の青白さのせいもあるだろう、遠目にも唇の赤さに引きつけられた。

（……紅を引いたようだ）

京都を旅した折、父の伯爵が座敷に呼び寄せた愛らしい舞妓を思い出す。

もちろん、文弥は女ではない。白粉を塗ったかのように肌は白くても、ふっくらとした少女の頬を彼は持たない。

厭《あ》かずに、惣一郎は文弥を見つめ続けた。どうしても目を逸《そ》らすことが出来なかった。

こういう視線の執着が恋という感情に繋《つな》がるのだろうか。もっとも、惣一郎は硬派ではない。赤線に入り浸《びた》るような軟派《なんぱ》でもなかったが……。

いやいやと彼は首を横に振った――ただ物珍しいだけだ。自分を含め、高校生はやたらとセンチメンタルな生き物なのだから。

雪の朝に佇《たたず》む美しい下級生。

渡り廊下にひっそりといた小堀文弥は、赤松惣一郎の瞼の裏に写り込み、しばらくの間消えることはなかった。

雪解けの三月、学内文芸新聞『鶏頭《けいとう》』が掲示板に貼り出された。学生たちの方向を失ったパトスと、馬鹿げてペシミスティックな視点による投稿作品がずらりと並ぶ。

掲載されていた三首の短歌に、なんとなく惣一郎の目は止まった。

はらはらと舞い散る雪を握りなば消えぬ薄紅は命なりけり
思ひ出は初雪にはしゃぐ童心のはかなき夢は花の盛りに
誰がため桜並木を急ぎ行く我が衣手に雪は降りつつ

先人の和歌を一部用いて、雪景色にやがて来る桜の季節を重ねるなどし、繊細な心情をなかなか上手く表現していると思った。

作者は理乙一年小堀文弥。

あの早朝の物思いがこういう形で明かされたことに、にやりとせずにはいられなかった。

早速、寮の食堂で文弥を摑まえた。

「小堀くん、『鶏頭』を見たよ。三首とも悪くないね」

いきなりで驚いたのか、内気な下級生は後ずさった。惣一郎の顔を見ることもなく深く俯《うつむ》き、囁くほどの小さな声でありがとうございますと礼を言った。

「幼い頃だが、オレは満開の桜の上に雪がチラつくのを見たことがあったよ。欧州でのことだがね……それ以来、雪と桜には縁を感じる」

惣一郎は言ったが、文弥はうんともすんとも応えなかった。

歌を紡いだ言葉の巧みさに、打てば響くような反応をしてくれるものと思っていたのだが……。

期待を裏切られ、惣一郎は鼻白んだ。

文弥は深く項垂れたまま、ただ上級生が立ち去るのを待っていた。

「呼び止めて悪かったな」

さすがにいいえと頭を横に振ってくる——さらさらと、絹糸のような黒髪が揺れた。

「もういいよ。さあ、行きたまえ」

許しを与えた途端、脱兎《だっと》のごとく去って行った。顔を一度も上げることなく。

幼さが漂うつむじに、惣一郎は落胆する自分を持て余した。こんな罰の悪い思いをさせられようとは……。

やれやれと肩を竦めた。

（なに、嫌われるのは、これが初めてというわけではないさ）

学院の敷地内でほとんどの時間を過ごす日々に忘れがちだが、ゲルマン民族の母から生まれた惣一郎を胡散臭《うさんくさ》げな目で見る人間は少なくない。日清・日露戦争の後、日本国は軍国主義の傾向を強め、他国人を蔑視する風潮を濃くしていたからだ。

父の伯爵や祖父である先代は惣一郎を第一子として遇《ぐう》していたが、継母とその実家の鼻息は荒く、第二子である腹違いの弟のほうに家督を継がせるべきだと主張し続けている。

惣一郎は愛らしい子供だったのに、継母は彼を無視し、全く愛そうとはしなかった。

惣一郎は山の手にある赤松伯爵邸に置かれず、中学生になるまでは祖父母の隠居所があった武蔵野《むさしの》で育った。孫を愛した祖父母にしても、生粋《きっすい》の日本人ではないことが一目で分かるその外見を全く気にしないわけでもなかった。

近畿地方のさる大名家出身で、維新後に伯爵となったものの、廃刀断髪《はいとうだんぱつ》をした後も祖父の心は武士だった。孫の惣一郎に、誰よりも日本男児であれと剣術と馬術を叩き込んだ。公家出身の祖母からは和歌の手解きを。

かくして、惣一郎は文武両道の少年に育ったが、偏見や差別は今もなお彼の将来に暗い影を投げかける。

惣一郎は孤独だった。彼の美しい容姿や高潔な精神に注目と尊敬は集まっても——いや、集まるからこそ、彼は孤高の美青年として存在するしかなかったのである。

＊＊＊

私立・桜濤《しょうとう》学院高等学校は、静岡《しずおか》県の北東部に位置する。学舎の裏手には万年雪の富士山が見られ、近くには良質の温泉が散見されるが、大きな漁港がある駿河湾からもさほど離れてはいない。将来ある若者たちが健康的に学業と向かい合うには格好の環境だ。

その年度の最終授業が終わった日の夕飯後、寮の玄関前掲示板に次年度の部屋割りが張り出された。

部屋番号の下に氏名が列記された紙を見上げ、小堀文弥はぽっかりと口を開けた。

（ど…どうして？）
一、二年生は四人同室で、三年生になって二人部屋になるのが通常である。
しかし、文弥に割り当てられたのは二人部屋だった。番号からすると、主に三年生が住まう三階の部屋だ。同室者は文乙《ぶんおつ》（文＝文系・乙＝独語選択）三年の赤松惣一郎とあった。

人数的な問題で、やむなく上級生と同室にされることはないではない。その場合、同郷であるとか、課外活動が一緒であるとか、その二人の関係性が考慮されることが多い。

ところが、かの上級生と文弥には何ら接点がなかった。

文弥には自分が選ばれた理由が分かる気がした。

(あの方は生粋の日本人じゃないし、僕は芸者の私生児だから…だよね、やっぱり)

異質な人間は異質な人間と組ませるべきだ。

ハイレベルな授業と学費が高いことで有名な桜濤学院は、やんごとなき出自の者や富豪の子弟なども少なくない。日々の暮らしのうちに学生たちがお互いの氏素性を忘れてしまっても、教職員などがその辺を全く無視するということはないのである。

文弥は医者の家の養子になっており、産みの母のことを学院側が知るはずもないのだが、卑屈な想像で自分を貶めるのはこの少年の癖だった——最悪な状況を自分自身で持ち出し、後にもたらされるかもしれないショックを軽減しようという自己防衛。

そして、陰気に覚悟を決める。

(坂本《さかもと》くんが一緒じゃないなら、四人も二人も変わらない。ただ相手が上級生ってだけ)

坂本美津男《みつお》は今現在の同室者の一人だ。文弥が他の二人ともそれなりに付き合えたのは、彼のお陰が大きい。

坂本は人懐こい商家の末息子で、人と人を繋ぐのが抜群に上手い。いつも俯きがちな文弥を気にかけ、何かとフォローしてくれた。

彼との同室から外れる次年度はこうはいかないだろう。

同室となる三年生のことは知っているような、知らないような……外見的に目立つ人間であるからして、さすがに誰なのかは分かるものの、言葉を交わしたことは一度もない。

同じ剣道部に所属する坂本などは憧れの感情をしきりに口にするが、鬼のように剣道が強いという、大柄で日本人離れした風貌の伯爵令息と文弥の間に共通の話題などあるわけがなかった。

挨拶以上の会話もなく、気詰まりな日々になることが想像された。

それでも、妙な興味を持たれるよりは、話題のない気まずさのほうがまだマシというもの。有り難いことに、赤松惣一郎が男色家だという評判は聞いたことがない。

「小堀くん、何号室になった?」

茫然と立ち尽くしていた文弥に、くだんの坂本が話しかけてきた。

「ぼ、僕…三階に行くみたい、だ」

「うわ、上級生と一緒か! ついてないね…——って、同室は赤松先輩じゃん。いいな」

「代わる?」

「いやぁ…どうかな。僕は赤松先輩に憧れがあるけど、朝晩を一緒に過ごすのは気を遣ってしまいそう」

「……気を遣う、よね」

不安そうな文弥に、坂本は慰めを言った。

「でも、大丈夫だよ。基本的に赤松先輩は理不尽なことを言ったりしない人だもの。正義漢で、誰にでも公平だよ。それに、ドイツ語を教えて貰えるかもね。それなら、僕にも声かけてよ。ぜひ、まぜて…――」

坂本が途中で言葉を飲み込んだのは、かの上級生が傍《かたわ》らに立ったからだった。

小柄な坂本は少し爪先立つようにして、背の高い惣一郎に話しかけた。

「こんばんは、赤松先輩」

「おう、坂本か」

「ご覧の通り、赤松先輩と僕の友人の小堀くんが同室になりました。小堀は闇雲《やみくも》に大人しいのでお邪魔することはないと思いますが、何卒よろしくご指導下さい」

惣一郎は坂本にわかったと頷き、文弥のほうをチラと見た。

「オレと一緒ではご不満か?」

「い、いえ」

文弥は気まずそうに目を逸らした。

「ど…どうぞ、よ、よろしく、お願いします」

惣一郎がその場を去ろうというときになって、文弥は彼の手の甲に黒子《ほくろ》が三つ並んでいるのに気がついた。縦に長い爪の形にも覚えがある。

(いつか、短歌の感想を言ってくれた人…だ。確か、桜と雪に縁があると言って…――)

あのときは、恥ずかしくて顔を上げることも出来なかった――投稿時に書き添えたペンネームを使って貰えないとは、思ってもみなかったからである。

もともと、理科に属しながら、短歌を詠《よ》んだり、絵を描いたりせずにはいられないことに恥がある。他にも何人かに褒められはしたが、裏ではあいつ変わり者だと陰口を叩かれているに違いないと思っていた。

文弥は呟くほどの声で言った。

「……こ、校門の桜…ですが、つぼみが膨らんで…――」

「ああ?」

「ゆ…雪は、もう今年…――」

惣一郎がチラと視線を向けてきた。

「こうも暖かいと、もう降ることはないだろうな」

「……でも、花びらが降りますから、ゆ…雪みたいに」

「そうだな」

素っ気ない言いように、文弥はハッと顔を上げたが、彼はすでに背中を向けていた――なにか不興を買ったらしい。

(――さ、桜の花びらって、冷たく…ないことが不思議で……)

口の中に残された言葉は飲み込むしかない。

慰めるかのように、坂本が文弥の背中を撫でてきた。

「なんか今夜は機嫌悪そうだったけど、赤松先輩は本当に素敵な人だよ。文学や音楽にも造詣《ぞうけい》が深くてね……ゲーテの話とかするといいよ。心配しなくても、きっと楽しく暮らせるから。まあ、居心地が悪くてしょうがないとなったら、僕らの部屋に遊びにおいで」

「誰が一緒？」

「安藤《あんどう》と市原《いちはら》と松下《まつした》だよ。安藤は知っているよね、同じ理乙だし」

「うん、ボ…ボート部の…――」

文弥は友人を安心させるためだけに、小さく、儚げに微笑んだ。


翌日は朝から東西の寮の間をリヤカーが行き来した。午前中のうちに引っ越しを済ませ、午後には帰省してしまおうという者が多いのである。

文弥たちの場合、まずは坂本の引っ越しをし、その後で文弥の方に取りかかった。同じ建物内の移動の場合は敷布《しきふ》が重宝される。広げて包めば、雑多な荷物を一度に運べるからだ。手拭《てぬぐ》いを数本繋いだ紐を用い、布団などの大物を担ぐ助けにすることも。

文弥の荷物はそう多くなかった。小さな柳行李《やなぎごうり》一つ分の衣類と趣味の三味線《しゃみせん》。他には教科書や辞書を含む書籍類だが、敷布に包んでわずか一回で運べてしまった。

同室者は部屋にいなかった。これ幸いと、坂本は二人部屋を物珍しげに見回した。

一、二年生にあてがわれる四人部屋は十畳ほどの広さで、廊下に寄せて畳が六枚敷いてある。夜になったら、その畳に布団を並べて寝るのである。

しかし、六畳ほどの広さのこの部屋には畳がない。その代わりに木製のベッド枠が二つ設《しつら》えてあった。

「……洋室だね」

日本家屋で育った者には目新しい、落ち着かなさげに見える部屋だ。

「小堀くん、大丈夫？」

「大丈夫…と思う」

なんとも頼りない返事に、坂本は気を引き立てるように言った。

「小堀くんは基本的に洋装だから、こっちのが馴染《なじ》み易いんじゃない？　それに、布団の上げ下ろしがないのは楽だよね」

坂本の指摘のとおり、文弥は寝間着以外を洋装で通している。そうは言っても、ほとんど着たきりの学生服だ。

なぜか首のホックまできっちり留めて、見るも堅苦しく身を包んでいる。これに朴歯《ほおば》の下駄でも履けばバンカラ風になるところだが、下駄は好まず、編み上げの靴をこれまたきっちり履いている。寮内ではもっぱら草履だ。

空いている方のベッド枠に床を延べ、机と物入れに荷物を収める作業が終わっても、同室の上級生は戻ってこなかった。

ご挨拶したかったのに…と坂本は残念がったが、彼は昼過ぎの列車で山梨《やまなし》の実家に帰ることになっていた。

昼下がり、坂本を駅まで見送ってから、文弥は一人で寮に戻ってきた。

東京《とうきょう》の実家に帰省したくないのなら、うちで過ごせばいいと彼は言ってくれたが、試験でぎりぎりの点数だった数学を勉強しなければならないと断ってしまった。

本音を言えば、文弥は一人になりたかったのである。

（あの人…赤松さんもご実家に戻られたのだろうから、僕はのんびりしよう。三階の窓からはなにが見えるのかしら。たまには三味線でも弾こうかなあ）

駅前商店街から寮の通用門まではなだらかな坂道で、道の両側は桜の木が等間隔に植えられている。今年の桜はまだまだ蕾だが、盛りの頃は薄桃色に空が霞んで見えるほどで、桜坂《おうさか》寮という寮の名は故無きものではないのである。

文弥が門を潜ろうとしたときだ。門柱の後ろに生えている桜が、今にも咲こうとしているのに気づいた――いや、もう二、三は咲いていた。

花は好きだ。特に、春を彩る桜は特別だと思う。

我知らず文弥は口元に微笑みを浮かべ、三階までの階段を一気に駆け上がった。まさか同室者がいるとは思わずに、勢い良く部屋の中へと飛び込んでしまった。

「あっ」

ベッドに大の字で寝ている男を目にするや、文弥はその場に硬直した。息を詰め、恐る恐る彼を見下ろす——数秒経っても、有り難いことに同室の上級生は目覚めなかった。

文弥はホーッと息を吐いた。

脱力したはいいが、いつの間にか寝顔に視線が縫い止められ、そこから移動させることが出来なくなっていた。

(——…お髪《ぐし》が、茶色だ。ああ、金もちょっと混じっているんだな。シルクみたいな、きれいな艶が……)

柔らかそうなカーブを描き、高い額に掛かっている髪は光り輝いていた。

(確か、目の色も違ったはず……)

青だったか、灰色だったか。

欧州人と日本人の間に生まれた不思議な容貌に興味はあったが、まさかしげしげと眺めるわけにはいかない。そうでなくても赤松惣一郎はその存在が眩《まぶ》しすぎて、目が潰れるような怖さがある。しかし、眠っている今ならば……。

好んでいるらしい和装は背の高い彼を堂々と見せていたが、寝崩れた着物が嵩張って見えるところからして、案外身体は細身なのかもしれなかった。腰の位置が高いので、袴《はかま》の丈は呆れるほど長い。

生粋の日本人との違いは、髪や目の色だけでなかった。皮膚の感じも少し違う。黄色っぽさのない肌色は絞りたての牛乳のよう。

高い額にまっすぐな鼻筋……全体に彫りが深い。ぴっちり閉じている瞼は落ち窪《くぼ》んでるように見え、小高い頬骨のところで反り返った睫毛は驚くほど長い。意外と女性的なふっくらした唇が、もにゃもにゃと何か寝言を呟くさまには親しみが湧いた。

尖《とが》った鼻先から細い鼻梁を下り、吊り気味に上がっていく眉への道筋を指で辿《たど》ってみたいと思うと、指先がじん…と疼いた。

好奇心に動かされ、いつしか文弥は傍らに腰を下ろしていた。

珍しい瞳の色を一度ちゃんと見たいと思っていたとき、その思いが通じたのか、惣一郎が目を開けた。

文弥は飛び退くのも忘れ、その目をまじまじと覗《のぞ》き込んだ。

美しい色合いの瞳である。青味がかったグレー——灰色というより、それはグレーだ。ガラス玉のように澄みながら、とろりと潤んで輝いている。

そこに自分の好奇心丸出しの表情を見て、文弥は自嘲しかけた。丸い眼球の上で歪みが生じ、自分の目と目が異様に開いているのが可笑しかった。

すっと伸びてきた手に、ハッとした。

「さ、触らな…——！」

我に返った文弥は、素早く立ち上がった。

「オレが寝ているのをいいことに、馴《な》れ馴れしく横に座っていたくせに……触るな、とはどういうことだ？」

「………」

赤松惣一郎は起き上がり、ずりずりと後ずさる文弥を追った。

窓が背に付き、もう後ろには行くことが出来ないところまできたとき、二人は人を一人分だけ置いた至近で向かい合うことに。

強い視線に耐えかね、文弥は顔を背けぎみに俯いた。

「取って食おうというんではないのだが。オレが嫌いか？　この外見を嫌悪する者は少なくないが、こうもあからさまに目を合わせてもらえないとはね……少しは心が傷つく」

文弥は慌てて顔を上げた。

（あ、あなたを傷つけようなんて！）

どうにか目を合わせることが出来たが、唇が強張って言葉を発するのは難しかった。

「ぼ…僕は…――」

「僕は、なんだ？」

「………」

きつい目つきで顔を覗き込まれ、文弥は石になったかのように動けなくなった。目に涙が溜まってきたが、その膨張した視界の中でさえ彼の瞳の色は美しい。

「言いたいことがあるんだろう?」

「…………」

文弥の潤んだ瞳が揺らぐのに溜息を吐くと、惣一郎は口調を変えた。

「上級生と同室なんてご免だよなぁ。まして、オレみたいな得体の知れない人間となんて
…——」

文弥はいやいやして、必死に言葉を絞り出した。

「み、見てたのは、あ…あなたがきれい、だから……その、髪の色とか、お顔立ちが」

「オレがきれいだと?」

ふっと惣一郎の唇は綻《ほころ》びかけた——が、すぐにその笑みは皮肉交じりに歪められた。

彼の表情の変化に気づいて、文弥は一層慌てた。男性にきれいという形容詞は失礼だったかもしれない、と。

「お…お許し、ください」

強い視線を受けていられず、俯いて、文弥は言い訳ともつかぬ説明をぼそぼそと連ねた。

「え、絵本の…中の、王子さま…みたいだなぁって……あ、あの、ぼ…僕が、小さい頃に持っていた、外国の絵本の挿絵なん…です。あ、あなたに、よく似た王子さまが…——」

「ふん、王子か」

悪くない、と伯爵令息は冷ややかに吐き捨てた。

「それにしても、なんとも耳障りな話し方だな。お前、普通に話せないのか？」

「………」

文弥は唇を強く噛んだ。

「まぁ、いい。だがな、オレに向かって話しているつもりなら、少なくともこちらを見て話すべきだ。違うか？」

「あ……は、はいっ」

勢いで顔を上げた途端、文弥の頭の中はカーッとなった。

わけが分からなくなりかけながらも、必死に言葉を継いだ。

「続けろよ」

「お…お姫さまのために、た、戦う勇敢な王子さま、なんです……白い馬に乗って、森を颯爽《さっそう》と駆け抜けて……――」

捕らわれの姫君を救い出す。そして、王子と姫は一瞬で恋に落ち、祝福されての結婚を――めでたし、めでたしだ。

「それなら、お前、オレの家来になれよ」

思いがけないお達しだった。

目を丸くした文弥に、惣一郎はにやにやする。

「オレは我が儘な王子だが、さぁいかが？」

「も、物分かりがいい王子…なんて、そんなの…お、王子さまじゃ…ない、ですよ。お…王子は誇り高く、ちょっと無鉄砲と決まって…——」

「家来になるか？」

文弥の夢見がちな頭には、暗い森を王子の白馬を追って馬を走らせる自分の姿が浮かんでいた——乗馬の経験はなかったが。

「ぼ…僕で、よ、よろしい…ですか？」


気持ち良く昼寝をしていたのを邪魔されて、わけがわからない怯え方をされて、惣一郎は愉快だったわけではない。

しかし、言葉を詰まらせながらも一生懸命に話そうとする文弥の不様さは微笑ましく、簡単に嬉しがらせを口に出来るような質ではないのが見て取れた。

「よろしいも何も……」

ついに惣一郎はくっくと笑い出した。

「家来は身を挺《てい》して王子を守らねばならないのに、お前は少しも強そうじゃないね。家来役より、むしろお姫さま役のほうが合ってるんじゃないのか？」

「……ひ、姫は女…です」

そう言った文弥の唇は自嘲を浮かべかけたものの、震えて歪んだ。

「姫役は嫌か?」

「こ、これでも、お…男ですから」

惣一郎が訝しげに目を細めると、視線を避けるかのように文弥は深く俯いてしまった。

(まさか、この可憐な容姿がこいつの泣き所なのか? その気になりさえすれば、硬派の連中を手玉に取れるくらいの美貌だろうに……)

耳障りなほどの吃音《きつおん》で、かつ卑屈な様子で俯きがちなのも気にかかる。

そんな文弥のつむじに薄紅色の花びらが一枚載っているのを目聡く見つけ、惣一郎はそっと指で摘んだ。

「……キルシュブリューテ」

桜の花だ。

「お前の頭にあった」

惣一郎は掌に載せたそれを文弥に見せた。

「——…ま、まだ…ほとんど、さ…咲いてませんでしたが?」

「じゃ、これは雪かもな」

惣一郎は掌をぎゅっと閉じ、それを強調するかのようにもう一方の手で包んだ。

開いたとき、掌に花びらはもうなかった——単純なマジックだったが、そういう手技があるのを知らない文弥は目をぱちぱちさせた。

「き、消え…ちゃった」

「溶けたんだよ」

惣一郎はうそぶいた。

戸惑いがちに、淡く、儚げに文弥は笑った。

その皮膚の薄い頬に目を当て、惣一郎は胸にツキンとくるものを感じた。それは愛しいという感情に近かったが、弟妹に対するものとはやや違った。

適当な言葉を見つけられず、彼はにわかに苛立ちを覚えた。くるりと文弥に背を向け、再びベッドに横たわった。自分の肘を枕に目を瞑《つむ》る。

「また少し寝る。オレは寝付きが悪いのだから、寝入るまで、お前は一切身動きしてはならない。そこにそうして立っていたまえ」

「は…はい」

文弥の返事を最後に、部屋はいささか不自然な静寂に包まれたが、耳を澄ました惣一郎には、文弥の努めて浅くした呼吸が聞こえていた。

それを一、二…と数えているうち、心地良くなってきた。

（オレは我が儘な王子か）

頬が緩む。

（我が儘だったことなど、生涯一度もないんだがなぁ）

自分が微笑みを浮かべていると自覚することもなく、惣一郎は吸い込まれるように夢の世界に入っていった。

＊

中庭の茂みの周りを歩き、草を掻《か》き分け、顔を入れては首を捻《ひね》り、また別の場所にしゃがみ込む友人を見つけ、坂本は渡り廊下からなにをしているのかと声をかけた。

文弥は顔も上げずに答えた。

「ちょ…ちょっと、ね。さ、探し物」

「なに？」

「ま、窓から…落ちたんだよ、あ…赤松先輩の、万年筆」

「一緒に捜すよ」

坂本はすぐに中庭まで下りてきた。

「どんなん？」

「ぜ、全体に、黒いんだけど……ゴ、ゴールドの縁取りがあってね、蓋のところに…ら、螺鈿《らでん》の模様が、す…少し…——」

「うわ、高価そうだね！」

二人は膝をついて茂みを掻き分け始めた。

坂本に同行してきた志賀《しが》という剣道部員はまだ渡り廊下にいて、頭を付き合わせる小柄な二人を微笑ましく眺めた。

自分も手伝うべきかと思い、ふと首を傾げた。

（三階から落ちたって？　窓のすぐ前に机があるならともかく、普通は窓枠に万年筆なんか置かないだろうに）

不審に思った彼は三階の窓を見上げた。

そこに、惣一郎の姿があった——いつもの堂々たる袴姿で仁王立ちして、自分の万年筆を捜す後輩たちを見張っている。

（……なんだかなあ）

こんなふうに見下ろすくらいなら、自分も一緒に捜したっていいと思う。

文武両道に秀で、正義漢で公平な惣一郎を慕う後輩はこれまで少なくなかったが、ここのところの彼の言動に評価を考え直そうという向きが出ている。

同室となった後輩をぞんざいに扱っているように見えるからだ。

寮で雇っている下働きの者に預けるべき洗濯をさせてみたり、日が暮れてから裏井戸まで水を汲みに行かせたり、夕飯にかかるような時間にわざわざ三駅先の店まで買い物を言いつけたり……。

それをはいはいと聞く文弥がけなげに映るせいで、惣一郎の振る舞いがひどく思いやりに欠いているように見えるのだった。

(そんな人じゃないと思ってたのになぁ……)

我知らず、志賀は窓辺の惣一郎を睨み上げていた。

(そりゃ、伯爵令息が人をアゴで使うなんて、普通のことなんだろうけどさ)

顔見知りの下級生の険しい視線に気づくと、惣一郎はより強い視線で睨み返した——が、相手がそれに怯みかけるや、ふっと鼻先で笑った。

惣一郎の笑みには自嘲が含まれていたが、そのときの志賀には高慢そうな笑みにしか思えなかった。

「やめろ、やめろっ。赤松先輩の万年筆なんか捜すことない!」

カッと気色《けしき》ばみ、二人のところへ分け入って行く。

「え、なんでさ?」

坂本はきょとんとして顔を上げたが、文弥は意に介することなく、顔を植え込みの奥にまで突っ込んだ。伸ばした手で枝を掻き分ける。

「み…見つけた!」

縺《もつ》れた髪のあちこちに緑をひっかけ、頬には小さな切り傷と擦り傷をいくつか拵《こしら》えながらも、文弥は嬉しげに叫んだ。

「見つかってよかった」

坂本も手を叩いて喜んだ。

「い、一緒に、捜してくれて…あ、ありがとね、坂本くん。す…すぐ届けてくるよ！」

「先輩、きっと喜ぶよ」

文弥が去って行った後、志賀はやれやれと溜息を吐いた。

「わざと落としたんだろうに。どうしてあんな一生懸命に捜すんだろ、小堀は」

「赤松先輩に捜してこいって言われたからでしょ」

「理不尽な命令には怒っていいと思うぞ、たとえ先輩だろうと、華族様のご子息だろうとも。でないと、ずっと下僕みたいな扱いを受けることになっちまう」

拳を握り締めて言う正義漢に、坂本はなんできみが怒ってるんだよと笑った。

「少なくとも、小堀くんとしては怒ることではないんだろうし、捜してあげたいと思ってしてるんだから」

坂本にそう言われても、志賀はどうにも納得出来なかった。

悔しそうに吐き出す。

「オレは赤松先輩には幻滅した！」

「自分が理不尽な扱いを受けたわけでもあるまいし……っていうか、小堀くん以外には意地悪なんかしないじゃない、赤松先輩。きみ、なんかされたの？」

「されてないけど……でも、なんでだ？　なんで、赤松先輩は小堀にばっかりあぁなんだろう。そりゃ、小堀の大人しさには、イライラすることもあるけども」

「赤松先輩はイライラをぶつけてるって感じには見えないよ」

「じゃ、なんでだよ？」

坂本はうっすら笑顔のままで首を捻った。

「なんでかねえ？」

その日、坂本が次に文弥と顔を合わせたのは夕飯の席だった。

万年筆の捜索で拵えた頬の擦り傷が、油を塗ったかのようにてらてらと光っていた。

「ちゃんと救護室に行ったんだね」

坂本が言うと、文弥はううんと首を横に振った。

「こ、この薬ね、擦り傷・切り傷に早く…き、効くんだって。あ…赤松先輩、富山《とやま》出身の金澤《かなざわ》さんのお部屋まで、も…貰いに行ってくれたんだよ、わざわざ。そして、塗ってくれたんだ……」

「そりゃよかったね」

坂本はにっこりする。彼は二人の様子を特に心配していなかったが、自分が敬愛している先輩の優しさを確認出来たことは喜ばしかった。

＊

消灯後しばらくして、暗闇の向こうから惣一郎は文弥に声をかけた。

「……もう寝たか？」

彼には文弥が眠っていないのが分かっている。

同室になって一か月ほど経《た》ち、文弥が睡眠に苦労しているのを知るようになった。寝つきが悪い上、夜中にたびたび目を覚ましてしまう。

何度となく寝返りを打つ文弥に、なにをそんなに気に病んでいるのかと惣一郎は思う。

「い…いえ、僕はまだ…全然。の、喉が渇いてらっしゃるんなら、お水…汲んできましょうか？」

「いや、いいよ」

「……なら、どうしましょう…ね？」

途方に暮れたように文弥が言う。

「こ、こんな時間じゃ、しゃ…三味線も弾けない…し」

「仕方ない、寝てしまおう」

「……え、ええ」

惣一郎もまた寝つきがあまり良いほうではない。

幼い頃から眠る前にその日のことを思い返すのが日課だが、最終学年を迎え、これまで棚上げにしていた家族のことや将来のことと向き合わねばならなくなった。

二人はそれぞれ物思いに耽《ふけ》りつつ、長い夜を過ごす——まだ胸の内を明かし合うほどには親しくなっていなかった。

同室者の呼吸が深くなっていくのを耳に、惣一郎はようやっと寝入ったものと見なした。

(フン…家来のくせに、オレより早く寝るとは不届きなやつめ)

くすりと笑みを零す。

傍目にはどう見えるにしても、惣一郎が命令を下し、文弥がそれに従うという関係は上手く回っていた。

自分の理不尽ぎりぎりの要求に、必死に応えようとする文弥のけなげさには満足しないわけにはいかない。文弥に恋慕する硬派連中の反感を買おうと、可愛がっていた後輩たちに幻滅されようと、惣一郎自身は全く気にしていなかった。

(なにしろ、オレは追放された王子で、追いかけてきた家来とやっと会えたんだからな)

要求を満たしてくれる文弥が、自分の存在を丸ごと肯定してくれるような気がするのだ。そんな文弥が好ましかった。だから、先に寝たとしても非難するには当たらない。

「オレもだいぶ眠くなってきたな」

ベッドを軋ませ、惣一郎は心地よく寝入るために横向きになる。やがて、形の良い鼻から規則正しい寝息が発せられ始めた。

文弥はまだ眠ってはいなかった。

家来として主君より早く寝るのを自分に禁じているわけではないにせよ、惣一郎が自分を気にして眠れないでいるのは良ろしくない。

暗闇に目を見開き、静かで深い呼吸を心懸ける。

文弥は惣一郎が自分のために命令を捻り出しているのを知っていた。そして、我が儘な王子を演じてくれている彼に感謝すらしていた。

（やっと…お休みになったみたいだ）

惣一郎がぐっすりと眠ったと見なすや、文弥はゆらりと起き上がった。

物音を立てないように気をつけながら、部屋の外に出る。床板がぎしぎしいう廊下をゆっくりと踏み、蛇口が五つ並ぶ共同の洗面台へ。

水を一口飲むと、自分が思っていたよりも喉を渇かしていたのに気づいた。アルミのカップ一杯の水を一息で飲み干す。

内側から身体を冷やすと、考えすぎが原因の頭痛も少しは落ち着いてくるようだった。

自分で自分に言い聞かせる。

（……卒業まであと二年あるんだから、将来のことなんか…まだ決めなくてもいい）

不意に、廊下の窓が風を喰らってガタガタッと揺れた。ガラスに目を向けると、闇の中で枝を戦わせる木々たちが見えた。

文弥は足音を忍ばせて階段を降り、辛うじて屋根があるだけの渡り廊下へと出た。

荒っぽい風は湿っていた。どうやら春の嵐が来るらしい。すっかり桜が散るのを待って、若葉を鍛えるためにやってくる嵐は歓迎されるべきものだ。

田畑を潤し、干上がりかけた川を復活させる。

人が眠る夜中こそ、雨は遠慮なく激しく降ればいい。誰の屋根にも、どこの土地にも分け隔てなく降り注ぎ、乾燥した大地に潜む病の種を弱らせて欲しい。

文弥は喜ばしい思いを胸に、古い落ち葉がくるくると風に踊らされるのを見ていた。

間もなく、雨が降ってきた。強い風に煽られ、雨は渡り廊下の上にも吹き込んできた。

そこに立つ文弥の足はしとどに濡れた。

暦の上では初夏になったが、雨が湯のように温かいわけではない。濡れそぼった足の指は、直《じき》に真っ赤になった。

根が生えたように動かないその肩に、ふわりと毛糸のカーディガンがかけられた。

「あ」

振り向いて、文弥はそこに惣一郎を認めた。

「小堀、部屋に戻るぞ」

雨音に目を覚まして、文弥がいないことに気づいたのだろうか。

「薄着で夜中にうろつくんじゃない」

「……は、春の嵐が、来るのが分かったので、か…歓迎に…――」

「あぁ、恵む雨だな」

嵐が止んだら、農家が田植えをする時期になる。これで緑眩しい田園風景が約束されたも同然だ。

惣一郎に背を押されるようにして、部屋に戻った。すぐに布団に入ったが、文弥の身体は自分が思うよりも冷えきってしまって、なかなか寝つくことは出来なかった。

寝返りを繰り返す文弥に、惣一郎は自分の上掛けを持ち上げた。

「しょうがないな、こっちに来い」

拒否するなど思いつかず、それに従った――王子さまの勿体ないご命令だ。

二本の匙《さじ》のように同じ向きに身体を重ね、二人一緒に惣一郎の温かい布団にくるまる。冷たい足を惣一郎の足に挟まれて、文弥は彼が与えてくれる熱に温められた。

「今日だけだぞ」

「は…はい」

こんなふうに誰かに温められるなんて、いつぶりになるだろう。

尋常小学校に入学するまでは養母と一緒の布団を使っていたが、もう大きいのだから一人で寝なければならないと養父に禁じられた。こっそり義姉の布団に潜り込んだのを見つかって、叱責されたときの悲しさと恨めしさはいまだ忘れられない。

人肌がもたらす安心感に浸《ひた》れていたのは、身体が温かくなるまでだった。芯から冷えてまともに動かなかった頭が稼働するようになると、自分に腕を回している人の女性とは違う力強さや熱、匂いが気になり始めた。

もともと男性に触れられるのは苦手だ——苦手以上に、鳥肌が立つほどの嫌悪がある。

(だ…大丈夫、この人は赤松先輩だ。この人はあんなことを僕にしない)

文弥は自分に言い聞かせたが、思い出してしまった最悪の出来事を頭から追い出すことは不可能だった。身体が強張ってしまうのをどうすることも出来ない。

精神的な錯乱まで起こしかけ、呼吸が苦しくなってきた。

「——…もう、大丈夫です。あ、温まりました」

慌ただしく、文弥は惣一郎の腕の中から這い出した。

有り難いことに、彼は少し眠りかけていたようで、文弥の恩知らずな性急さを咎《とが》め立てることはなかった。

欠伸《あくび》の合間に言う。

「……二人で寝るにはここのベッドは狭すぎるよな」

「そ…ですね」

文弥は冷たい自分の布団に移った。

落ち着きは取り戻したが、せっかくの温もりが失われていくにつれ、惨めな気持ちになってきた。臆病と自意識過剰のせいで、この上なく幸せな状況を失ったかもしれない。

とはいえ、若い男が二人で一つ布団に寝ることは普通ではない。硬派の連中はどうか知らないが、これを男同士の親しさだと喜ばしく考えることは出来かねた。

ただ、惣一郎は文弥の身体を性的な意味で触ることはなかった。彼は冷え切っていた文弥を温める以上のことはしなかったのだ。

とっくに惣一郎は寝ていると思い、文弥は彼に聞かせるつもりもなく、ぽつりと言った。

「ぼ、僕は、養子…なんです。だ、代々、お医者をしている家の…──じ、自分が養父母の子供ではない…と知ったのは、ろ、六歳のとき…でした」

「……いろいろあったんだな、お前にも」

返事を貰えるとは思っておらず、文弥の心臓は飛び出しそうになった。

「勉強は苦手…ですが、僕は、医者にならなきゃ…ならない、です」

「なりたいのか？」

文弥は首を横に振った──なりたくはない、と。

「でも、ぼ…僕は、あの家の一員でいたいので……」

「ああ」

その相槌はただの容認で、先を促すものではなかった。

それっきり会話は途切れた。

惣一郎はとうとう眠ったのかもしれない。

(嵐、まだ止まないな)

窓全体がカタカタ揺れ、雨が渡り廊下の塗炭《とたん》屋根を激しく叩くのが聞こえてくる。中庭の植木は激しい風にざわめいているだろう。

もう寝ようと文弥が布団を肩まで引き上げたときになって、惣一郎がひどく眠そうなくぐもった声で言った。

「……医者は悪くない職業だ。だが、オレにはお前の短歌が新鮮な驚きだった」

そのセリフは文弥の心にスッと入ってきた。

「つ…次に歌を詠んだら、い、一番に、あなたに…お見せします」

「そうしてくれ」

隣のベッドに顔を向けると、暗闇にぼやぼやと惣一郎の姿が浮かび上がって見えた。

横向きに寝そべっていた彼が、文弥に向かって腕を伸ばしてきた。

それに応えて、文弥もまた腕を伸ばす。

惣一郎の大きな掌が文弥の手をぎゅっと握った。

（――王子さまが、家来と握手することはあるのかな……？）

部屋が暗くて良かったと文弥は思った。頬や耳が病的に熱くて、自分が真っ赤になっているのが分かったからだ。

＊＊＊

日曜日の午前中、文弥は坂本とその同室の安藤と連れ立って外出した。

商店街を抜けたところにカトリック教会があるのだが、午前中の日曜学校で坂本の想い人がオルガンを弾く。待っていれば、しずしずと帰る姿が眺められるというわけだ。

坂本はついに彼女の袖に手紙を入れることを決心した。

拝むように頼まれて、文弥がロマンチックな恋文を代筆した。要点は「僕のリーベになって欲しい」だが、季節の挨拶から始めて、いつから見かけるようになって好きになり、どれだけ想いを募らせているかを便箋二枚にしたためた。

顔をひきつらせ、その瞬間をじりじりと待つ坂本を物見高い安藤がからかう。

「一目惚れなんてオレは信じないぞ。相手の名前も家柄も、性格も知らないってのに、どうして好きになれるっていうんだよ？」

「どうしてなんて、僕にも分からないよ。気づいたら、あの子のことばかり考えるようになっちゃったんだから」

「お前の想像通りのメッチェンじゃないかもな。ひどい意地悪だったりして」

「それはないよ。とっても素直そうな目をしているんだから」

「目が素直？　はっ、分かるもんか」

二人の言い合いを聞くともなく聞いていた文弥が、彼女が教会から出てくるのをいち早く見つけた。

「さ…坂本くん、か、彼女、こっちに来るよ。き…今日は、お友だちが一緒みたいだ」

「で、どっちのメッチェンがお前の想い人なんだ？」

安藤が目を眇《すが》める。

「僕が好きな子はね、朱色の着物に紺の袴のほう。橙《だいだい》色のリボンをしているよ」

「白地に花模様の着物の子のほうがシャンじゃないか？」

「そんなことないよ」

「いや、朱色の着物は鼻が低すぎるぜ。花模様のほうが全体に整っている」

「そんなことないってば」

「なら、オレが花模様のほうな。手紙なんてまだるっこしいことはいい、オレは声をかけるぞ。彼女たちを団子屋に誘ってやるんだ」

積極的でせっかちな安藤が大股で歩き出したのに、慌てて坂本が小走りで追いかけていく――が、ハッと気づいて、文弥を振り返った。

「小堀くんは？」

文弥は笑って首を横に振った。

「ぼ…僕は、赤松先輩のお使いがあるから……坂本くん、ち、ちゃんと名前を聞いて。で…出来れば、つ、次の約束も」

「うん、分かった」

友人が首尾良く女学生二人に話しかけているところへ、坂本が追いつく。それをしばし見守ってから、文弥は商店街の方に向かって歩き出した。

惣一郎のお使いは、修理を終えた靴を受け取りに行くことだ。

（でも、その前に本屋を覗こう）

この商店街には一軒だけ書店がある。

目的の文芸雑誌『暁光《ぎょうこう》』は店頭に並べられていた。表紙に注目している作家の名前を見つけて手を伸ばしたとき、傍らに誰かが立った。

「やあ、小堀文弥くん」

教諭の八巻《やまき》だった。

「こ…こんにちは」

文弥は首を縮めるようにして挨拶した。

数学担当の八巻は、眼鏡のレンズごしの目が冷たい三十代の男だ。黒板の問題が解けなかった生徒を立たせて叱責するとき、青白い顔にサディスティックな嘲り笑いを浮かべる。文弥が苦手とする教師の一人だ。

「きみと仲のいい…なんといったかな、そう、坂本ともう一人が可愛らしいメッチェンを団子屋に連れて行くのに成功したようだが、きみは誘われなかったのかい?」

「ぼ、僕は…いいんです」

「女学生に関心がないのは結構なことだよ」

八巻教諭は『暁光』を手に取り、さして興味もなさそうにぺらぺらと捲《めく》った。

「きみはこういうのが好きらしいね。うちの文芸新聞に何度か載ったね……古典の岸田《きしだ》教授が褒めていらしたよ。でもねえ、きみは理科の学生なんだから、短歌の文句を考えるよりも公式を覚えたほうがいいんじゃないかね?」

「こ…公式も、ちゃ、ちゃんと…——」

「わたしの家はこの近くなんだが、寄っていくなら今学期にやった公式をおさらいしてあげよう。一年のときの成績はぎりぎりだったね。定期試験が心配だよ」

有り難くない招待を言い出されてしまった。

自分を頭から足の先まで眺め回す視線は、文弥には既視感《きしかん》のある粘っこさだ。きな臭さを覚え、文弥はじりじりと後ずさった。

「ご…自宅にお邪魔するなんて…も、申し訳ないことは——」

八巻との間に距離を取ろうとしたが、彼はすかさずにじり寄る。

「わたしは独り者だから、遠慮することはないよ」

「あ…あの、でも、きょ、今日は用事が…あるんです。ど、同室の赤松先輩に、お使いを頼まれて……お、遅れると心配されますから……す、すいませんっ」

どうにか早口で言い終えると、ぺこりと一礼し、文弥はきびすを返した。

すかさず八巻が文弥の二の腕をぐいと摑んだ。

「きみ、あの混血の伯爵令息に顎で使われているようだが、嫌だと思っているならわたしが話をつけてやるよ」

「だ、大丈夫…ですっ」

文弥が行こうとするのに、八巻は手を放さない。

「きみはわたしと仲良くすべきだよ、成績のためにもね……最初はずるい気持ちでも構わないよ」

文弥は八巻を振り返って見たが、舌舐めずりせんばかりの顔に背筋がゾクッとした。

逃げなければ…と思う切迫した気持ちとは裏腹に、身体が凍りついたかのように動かなくなってしまう。

「な?」

生臭い息が首筋にかかった。

ふと、瞼に惣一郎のしかめっ面が浮かんだ――言いたいことがあるなら、目を見て話せと文弥を叱りつけたときの顔だった。

（……あ、赤松さん！）

文弥は顔を上げ、八巻を真っ正面から見つめた。惣一郎の美しい顔とは較べるべくもない下卑《げび》た顔に、この男には絶対に従いたくないと思う。

「い…急ぎますので」

声は震えてしまったが、言い切って、文弥はどうにか八巻の腕を振り払った。

急ぎ足でその場を離れる。

「待たないか！」

八巻は追って来たが、二軒目を過ぎ、三軒目の店の前から文弥は歩く速度を上げ、商店街を抜ける頃には走り出していた。

文弥は靴だが、八巻は下駄履きだ――足音は高い。

足音がずっと聞こえているようで、振り向いて確認する気にはなれなかった。寮の通用口まで速度を落とすことはなかった。

裏庭では惣一郎が木刀を手に素振りをしていた。

彼は文弥に気づくと、素振りを止めた。

「どうした、小堀」

呼ばれた途端、文弥の目から涙がドッと溢れた。胸に飛び込む勢いで惣一郎の方へと向かったが、少し手前でぴたりと止まった——女々しいことは出来ない。

「どうした、小堀」

惣一郎はもう一度尋ねた。

「や、八巻せ…先生が…——」

「八巻？　ああ、数学教師だったな。そいつとなにが？」

惣一郎は文弥の後方に目を眇めたが、そこに八巻の姿はなかった。

八巻は全速力の文弥を追って商店街を駆け抜けるほどの若さはなかったし、そうするにはプライドが高すぎた。

ようやく文弥は後を振り返り、八巻が追って来なかったのを自分でも確認した。

ホッと息を吐き、呟くように言った。

「——…な…んでもないです。なんでも、あ、ありませんでした」

「なんでもないわけ、ないだろう」

惣一郎は腰に下げていた手拭いを引き抜き、それで文弥の涙を拭いた。

「坂本たちと一緒じゃなかったのか？」

「と…途中で、別れました。で、でも、大丈夫です」

顔を拭かれながらも、文弥は大丈夫だと繰り返す。

文科に所属する惣一郎は八巻の授業を受けたことはないが、彼の悪癖については聞いたことがないでもない――つまり、可愛らしい少年は目を合わせるな、と。

なにがあったかは大体の見当がついた。

怖い思いをしたというのに、なんでもないと言い切る文弥に根掘り葉掘り聞き出すことも出来ず、惣一郎はただ部屋に戻ろうと促した。

「オーストリアの菓子が届いた。お前が茶を入れるなら、分けてやろう」

「お…恐れ入り、ます」

惣一郎は文弥の背を押しながら、今一度だけ通用口のほうを振り返った――やはり八巻の姿はそこにはない。

下足箱のところで、文弥が小さく「あ」と言った。

「どうした?」

「も…申し訳ありません。お、お使いを忘れて、し…まいました。く、靴を、取りに行かなくちゃ、ならなかったのに……」

「明日でいいさ」

惣一郎は寛大に言った。

「明日の午後に忘れずに行くなら、今日はいい。その代わり、菓子を食った後は三味線を弾いてくれ」

「あ…はい、か、畏《かしこ》まり……──」

五月の休日を二人は部屋の中で過ごした。

アルコール漬けの果実が沢山入った美味《おい》しいケーキを食べた後、惣一郎はベッドに横たわり、隣のベッドに座った文弥が三味線を弾くのに耳を傾けた。

惣一郎が好きな『鶴の声』という曲である。たまたま雨宿りに立ち寄った宿で一夜を明かしたら、一生を共にする仲になったという一目惚れの唄だ。

(……末は互いの共白髪、か)

文弥の声は細いが、淀《よど》みなく、もう恐怖を引き摺《ず》っていないらしいのが聞き取れた。菓子の甘さに癒されたのだろうか。それとも……?

惣一郎はこっそり自分の自惚れを嘲笑った。文弥が本当に自分に懐いているなら、この胸に飛び込むのを躊躇《ためら》ったりはしなかっただろう、と。

「つ…次は、何を?」

「もう一度だ」

「で、では、もう…一度」

文弥は謡いながら、惣一郎は聞きながら、唄にある「鶴《つる》」や「幾千代」といったお目出度い文句をそれぞれに嚙み締めた。

さすがに共白髪まで一緒にいられるとは思わないから、今ここで時間が止まってしまえばいい――この穏やかな午後を永遠に。

また一曲が終わった。

「お次は…な、何を、弾きましょうか？」

「もう一度弾いてくれ。もう一度、『鶴の声』を」

＊

しとしとと梅雨《つゆ》を先走る弱い雨が降る中、番傘をさした女が校門を潜った。着物の色や柄もそうだが、衣紋《えもん》の抜き具合からして素人ではない。

「お、すげえシャンだなぁ」

「首が長くて、目元が悩ましげで……はあ、色っぽいぜ」

学生たちが窓に鈴なりになって自分を見下ろしていても、女はたじろぐふうもない。赤く紅を塗った唇に艶然と笑みを浮かべ、傘を少し傾けて学生たちを見上げた。

「誰かのツケでも取り立てに来たんじゃないのか？」

「古典の森《もり》先生とか？」

「三年の久保《くぼ》さんも通い詰めだってよ」

職員の一人が用件を聞きに走り出た。

どこぞへと案内されていた彼女がまた学生たちの眼下に現れたとき、その傍らには理乙二年の小堀文弥の姿があった。

並ぶと、顔立ちの相似が著しい。

「なんだ、小堀の姉さんか」

「そっくりだな」

同級生たちの頭上から顔を出して、惣一郎もまた美しい二人を見下ろした。

(自分は養子だと言っていたっけ)

血の繋がりのない義理の姉に、面差しが似るということはあるまい。ならば、あれは実の姉か、はたまた母か。

文弥の横顔には、身内が訪ねて来てくれたという喜びはなかった。

(嫌なら行かねばいいものを……)

惣一郎に見られているのに気がつかず、文弥は女を追うようにして校門を抜け、雨で霞んだ景色の中へと紛れていった。

視界から消えてしまった文弥の姿を求めて、しばらくの間、惣一郎は目を見開いたり、細くしたり……門の向こうを睨み続けた。

同じ日、惣一郎もまた父親に呼び出された。

学校の事務室に残された伝言どおりに指示された旅館に出向くと、通された座敷には父の伯爵の他に昼間の玄人女と文弥が座っていた。

（どういうことだ？）

惣一郎は驚いたが、面には出さずに、まずは父親と向き合った。

「お久しぶりです、父上」

「おう、エルンスト。来たね」

この日本で惣一郎をエルンストと呼ぶのは父だけである。

会うのは半年ぶりくらいになろうか。ここ何年かで白髪が増えたが、役者のような目元の涼しい顔は相変わらず若々しい。日本人にしては大柄な身体に衰えはなく、背広を見事に着こなしていた。

「近頃はどちらにお出ましに？　弟と妹が、ちっともお帰りにならないと手紙でこぼしておりましたが……」

「彼らに顔を見せてやらないのはお前も同じではないか？」

「まあ、そうですね」

「わたしは北海道《ほっかいどう》に行っていたんだよ。炭坑を買ったので、これをどうするか考えねばならなくてね……そう、鉄道を引く思案もしなけりゃならない。石炭の質は悪くないが、十尺を越してくる積雪がつくづくと恨めしいよ」

「それはそれは」

「エルンスト、こちらは柳橋《やなぎばし》の琴音《ことね》だ」

女が鮮やかに笑い、一礼した。

「若様、お見知り置きを」

「そして、そちらが彼女の息子の文弥くん。…って言っても、なんだ、お前たちは同室なんだって？」

「そうです。この春から一室を二人で分け合うようになりました」

惣一郎は文弥のほうへ目を向けた。

「午後の授業はサボタージュしたようだったが、小堀、お前、こんなとこにいたのか」

「は、はい」

文弥は居たたまれないというように首を竦めた。

「エルンスト、そんなきつい目つきで見るんじゃないよ。大人しい文弥くん相手に、よもや先輩風を吹かしているんじゃあるまいな」

「小堀は無口すぎなんですよ」

すかさず女が笑い声を上げた——鈴の音が鳴るようにころころと笑い、惣一郎の側へといざり寄る。

「お手柔らかにお願いいたしますよ、若様」

袂《たもと》を押さえ、白い腕を伸ばして酌をする。

「この子を産んだとき、あたしは十四になったばかりで、さすがに育てきれずに小堀の家に養子に出しましたの。それがうんざりするような陰気な家で、気づいたときにはこんな子供に」

「家業は医者だと聞きましたが？」

「偉そうなお医者様と上品ぶった奥様ですわ。この子に跡を取らせようと、猛勉強を強いましたのよ。すらすら言葉が出なくなるほど思い詰めて励んでおりましたのに、なんでも実の娘に婿を取ることにしたそうで、どうやらこの子はもうお払い箱…——」

「お…お母さんっ」

文弥が遮った。

「あら、怒るの？　本当のことを言ったまでだわ。お前はあの家を継ぐ必要はないって言われたのでしょ」

「………」

「結局、お前をあの家にやったのは失敗だったかもしれない。偉そうにしているくせに、肝心なところで目が行き届かないのだもの。頭のおかしい下宿人が、中学生のお前に目をつけ——」

「お母さんっ！」

息子の猛剣幕に、母親は黙った。

文弥が断った話の先はなんだったのか。

惣一郎が考える暇もなく、文弥は噛んで含めるように母親に言った。

「ぼ…僕はね、小堀の家の人たちには、そ、育てて貰ったし、今も、学費を出して貰っているんだから、すごく感謝して…るんだよ。お母さんも、か…感謝してください。でないと、ば…罰が当たりますよ」

「文弥くんの言うとおりだ。感謝しなくてはいけないよ、琴音」

伯爵に窘められ、芸者は肩を竦めた。惣一郎に軽く一礼してから伯爵の方へと移り、美しい所作で酒を注いだ。

「別に…学費なんて、他の方に出していただくことも出来ますわよ。そう、あたしがお願いすれば、あなた様だって、文弥の学費を出してくださいますでしょう?」

「お前の願いなら、そうだな…出すかな」

伯爵は言い、母親でなく文弥に微笑みかけた——半ば反射的に、文弥が微笑み返そうとしたのを惣一郎は見た。

（……意外にオレと父上は似ているからな）

しかし、文弥の微笑みは広がらないままに萎み、代わりにいまだ女盛りの若々しい母親の笑みが艶やかに咲いた。

「あら、あたしがお願いしなくても、伯爵様、あなた様は文弥の学費を出してくださらなきゃなりませんわよ。だって、文弥はあなた様の子供かもしれないんですもの」

惣一郎は思わず文弥に目を向け、文弥はふるふると首を横に振った。

「お、お母さん、そ…んな失礼な…——」

さすがと言おうか、惣一郎の父親は眉一つ動かさなかった。

「その可能性はあったかな」

「ありますわよ。胸に手を当てて、よっくお考えになって」

言われるままに胸に手を当て、伯爵はうんうんと頷いた。

「うん、文弥くんはわたしの子供かもしれないね」

「ね？　言われてみれば、ご子息様よりも文弥のほうがあなた様に似ておりますでしょう？　黒髪だし、目も青くありませんものね」

「そうだね、似たところもあるかもしれない。でも、この子はほとんどお前に生き写しだね。お前が一人で身ごもり、産んだんじゃないのかな」

「それなら、あたくし、西洋の聖母さまのようですわねえ」

「馬屋で出産したのかい？」

「産婆さんがお馬に似た長い顔でしたよ」

「じゃ、そこは馬屋だな」

はっはっは…と惣一郎の父親が笑い、くっくと文弥の母親が笑う。

惣一郎はやれやれと首を振り、文弥に酒を注いでやった——飲まずにこの席にいるのは辛かろう、と。

しかし、惣一郎の父親は子供たちへのフォローを忘れなかった。

「懐の温かい父親は何人いても損はないさ。なあ、エルンスト」

「オレの兄弟はあとどれくらいいるんです？」

「突き詰めれば、人類はみんな兄弟だよ。まぁ、突き詰めないことだな」

酒と料理が次々と運ばれ、果てには芸者衆が顔を出した。芸者衆が一通りの芸を披露《ひろう》した後で、文弥の母が見事な三味線を披露した。

「……母は、こ、琴音と名乗っていますが、得意は、三味線…なんですよ」

文弥が惣一郎に囁いた。

「お前は母に習ったのか？」

「い、いいえ……習っては、いません。ただ…三味線を一丁貰っただけで……——」

「部屋にあるやつか？」

「ええ」

宴《うたげ》は尻上がりに盛り上がった。

そのうち、遊び上手な父親に導かれ、惣一郎も踊りや遊びの輪に交ざった。

その間、文弥がどうしていたのか――ちびりちびりと飲んでいたか、三味線を弾いていたか、母親と話していたか。


惣一郎は、夢を見ていた。人はこれを淫夢というのかもしれない。父親と文弥の母である琴音が絡み合っているのを上から眺めているのだから。

父が自分の母親以外の女を相手にするのを興味深く見ていられるのは、惣一郎が思春期を脱したからなのか、夢だと分かっているからか。

琴音が惣一郎が見ているのに気づいて、父の肩越しに笑いかけてきた。紅を差した唇を横に引き、誘うかのように。

ほんのり桜色に染まった目元の徒っぽさに、うっかり惣一郎は欲情しかけた。

しかし、琴音は文弥の母である。

それを思うと性的な気分はスッと消えた。

（やっぱり似ている……ああ、そっくりだな）

母と子だから似ていて当たり前だが、文弥にはその父親から受け継いだのだろうと思われる箇所が見当たらない。年齢と性別が違うだけで、二人は全く同じ造りの顔なのだ。

それなのに、なぜこれほどまでに雰囲気が違ってしまうのだろう――育ちか、持って生まれた性格か。

琴音の匂い立つような色気や華やかさは文弥にはない。ただ美しく整っているだけで、見る者の心には薄っぺらな印象しか残さない。

文弥の外見に欲情する者がいるとしたら、嗜虐的な趣味を持つ者に限られるだろう。美しいものを虐げ、どんなふうに枯れるかを見ようという人間だ。

（そう言えば、小堀はあまり笑わないな）

笑い合ったことは一度ならずあったはずだが、それをすぐにいつと思い出すことは出来なかった。なにを面白いと思い、どんな冗談に反応するかも分かっていない。

芸者であるその母親にとって、笑みは武器の一つだ——謎めいた微笑みで心を絡め取り、大輪の花のように笑いかけては男たちを思いのままに操縦する。

惣一郎の父親も例外にならないだろうが、粋《すい》を極めた彼の場合は自ら嬉々として支配されてやるに違いない。

さて、そんなことを考えていると、琴音の顔から表情が消えた——いや、これは琴音ではない。この憂いを含んだ瞳は文弥のものだ。

男の逞しい肩越しという構図は同じなのに、受ける印象はがらりと変わった。

貪欲に快楽に耽る琴音に対し、文弥は自分を組み伏せる男の下で助けを求めている。もはや瞳に絶望すら浮かべながら。

惣一郎の父親だったはずの男が、いつしか理甲《りこう》（甲＝英語選択）三年の柔道部部長に代わっていた。大人しい文弥をそっとしておこうと宣言し、睨みを利かせている硬派の中心人物だったが、逆に最も文弥に執着している男である。

自制心や統率力を備えたこの柔道の猛者《もさ》に、これまで惣一郎は嫌悪など抱いたことはなかったが……──しかし、今は違った。

他を牽制《けんせい》して口では文弥を保護するようなことを言っても、夢や妄想の中では文弥を何度となく組み敷いているだろうし、貫いて本懐《ほんかい》を遂げたこともあるに違いない。

胸に込み上げてきたこの熱いものはなんだろう。答えが見つかるより先に、視界が赤く曇ってきた。

（バカだな。これは、夢…だぞ？）

惣一郎は自分に言い聞かせたが、怒りの熱はすぐには引かない。

『あ…赤松先輩、た、たす…け…──』

その声を聞いたとき、もうじっとしてはいられないと思った。夢だろうとなんだろうと、文弥を助けずにいられようか。

惣一郎は男の汗ばんだ肩を摑み、引き剝がした。

「文弥！」

しかし、そこにいたのは文弥ではなかった。

細い身体には不似合いなほど撓《たわ》わな乳房を左右にこぼした琴音が、気怠《けだる》げな目つきで言ってくる。

『お相手しましょうか、若様』

「い…いや、結構だ」

首を振りながら、惣一郎は後ずさった。

『文弥のほうがお好みかしら？』

「いや、違う。そういうことでは…――」

否定したにもかかわらず、床に横たわる身体が痩せた少年のものとなった。華奢な白い身体のうち、胸の突起だけが鮮やかな紅色だ。

惣一郎の欲望を宿した視線に気づくと、文弥は自分で自分を抱くように胸の前で腕を交差させた。

『さ…触らない、で……！』

その瞬間、惣一郎は文弥の腕を引き剝がしたくなった。

強引に引き剝がし、再び胸の突起を露《あら》わにさせたい。口をつけたら、少年の乳首は甘いだろうか。女のように感じるだろうか。歯を立てたら、どうだろう――泣くかもしれない。

惣一郎の不埒《ふらち》な妄想を感じ取ってか、文弥の顔が今にも泣き出しそうに歪み、たちまち黒目がちな瞳が涙でいっぱいになった。

それを哀れに思うどころか、衝動がぐんと増したことに惣一郎は狼狽《うろた》えた。

(どうしたんだ、オレは?)

汗ばんだ拳をぎゅっと握り締めた。


ハッと目が覚めた。

膳の前に座った姿勢のまま、居眠りしていたようだった。座布団の先に盃が転がり、零《こぼ》れた酒が畳を少し濡らしていた。

宴会はすでに終わっていて、父親と文弥の母の姿は消えていた。

文弥は部屋の隅に横たえられていた。酔い潰れたらしく、二つ折りにした座布団を枕に眠っている。上掛けの代わりに身体に掛けられているのは母親の羽織だ。

惣一郎は握り締めた拳をゆっくりと開いた。汗ばんだ掌を膝に何度も擦りつけ、水気を袴に吸い取らせてしまう。

深々と溜息を吐いて立ち上がると、窓辺に近寄った。

障子を開ける。

「……もう夜明けか」

窓ガラスの向こうで、空が白くなりかけていた。

ガラスを嵌《は》めた建具のほうも開いて、雨上がりの冷たい空気を身に浴びる。酔いに火照《ほて》った身体を気持ちのいい涼風が取り巻いた。

吹き込んできた風に目覚めるかと思ったが、振り返った先の文弥はぴったり目を瞑ったままだ。まだまだ目覚める気配はない。

(相変わらず、きっちりと首まで……寝苦しくはないのか?)

呆れたとばかりに見遣るが、襟元を寛《くつろ》げてやろうとはしなかった。

惣一郎はそのまま窓辺に腰をかけ、今さっきの夢の意味をつらつらと考える——自分は同性をも愛することが出来る人間なのだろうか、と。

学生服の中には白い肌が隠されている。胸には鮮やかな突起があるだろう。それを目にしたとき、実際に自分はどんな気分になるのだろうか。

ふと思った。

(小堀は…文弥は、まさか同性に身体を暴かれたことがあるのか……?)

教諭の八巻に会ったと言って、町から走って戻ったことが最近あった。なにもないと言い切ったものの、その目には涙があった——泣くほど文弥は怯えていた。

下世話な想像だと惣一郎は頭を横に振ったが、過去の文弥の身にそれに近いことがあったのはほぼ間違いない。

考えてみれば、極力肌を見せまいとし、美しい顔を深く俯け、文弥はいつもびくびくしている。誰とも目を合わさず、早足でせかせかと歩き、声をかけられるような隙を作らない。日々過剰な警戒の中で暮らしているのだ。

そんな彼にとって、眠りこけて無防備になっている時こそ襟元は緩められない。学生服は華奢な身体を守る鎧《よろい》なのかもしれなかった。

＊

数学の小テストが行われたが、文弥の出来は芳しくなかった。

問題の作成者である横山《よこやま》教授は、あらかじめ救済措置を用意していた。答案の裏になにか特技を披露すれば加点するとのお達しに、ありがたく文弥は浮世絵風の美人画を描いた。

その絵は教授の絶賛を受けて、大幅に底上げされた点数がついた。

しかし、文弥の教科担任である八巻教諭はそれを良しとはしなかった。

商店街で迫られて以来、文弥は八巻を避けていた。廊下の向こうに見かけようものなら回れ右し、擦れ違うときには友人を盾《たて》にした。授業に出ても、目を合わせないように顔はいつも伏せていた。

そんなある日のこと――練習問題を解かせる間、八巻はいっぱしの教師らしく机と机の間を歩いて手間取っている生徒に教えを授ける。そのとき、誰も見ていないと見越して、文弥の左手をぎゅっと握ったのだった。

一瞬と言っていいほど短い時間だったにもかかわらず、文弥は嫌悪にガタガタと震え出してしまった。救護室に連れて行ってもいいかと周りの生徒が騒ぎ出すほどに。

その過剰なまでの拒絶は、八巻に屈辱を感じさせたのかもしれない。上役の横山教授に刃向かうまでして加点を認めず、ついには文弥を補習の名目で呼び出すに至った。

「午後の授業が全部済んだら、小堀文弥は学科指導室に来なさい」

彼は文弥の答案をひらつかせながら言った。

「横山教授は絶賛されたようだが、わたしにはこの絵の価値は分からないよ。艶っぽい美人と数学にはなんの接点もないからね。きみが公式を使いこなすのを見ないことには、及《きゅう》第点《だいてん》をやる気にならないな」

文弥は承知するしかなかった。

授業が終わって、文弥が今しも八巻のところへ行こうとしていたとき、坂本が心配そうに一緒に行こうかと言ってきた。

しかし、呼ばれたのは文弥だ。八巻と対峙《たいじ》する覚悟を決め、文弥はその申し出を断った。

「大丈夫だよ」

坂本は囁くほどの声で言った。

「学校の中でとんでもないことをするほど八巻先生は分別なくないから。耳の後ろの匂いを嗅ぐくらいで、口吸いまでされた子はいないって話」

文弥は坂本をまじまじと見つめた。

「僕はまだ乳臭いってさ」

坂本はなんでもないことのように言ってみせたが、直後に小さく身を震わせた。

「……減るもんじゃないって言う人もいるけど、僕は自分のどこかが壊されたような気分になったよ。まぁ、どこも壊れたりしなかったけどね」

「………」

告白してくれた坂本に感謝しつつも、文弥は彼のために胸を痛めた。

硬派の連中は、男同士だからこそ分かり合える、少年との恋愛を至高の関係とまで言い切るが、それは相手となる少年の同意があってのこと。なのに、その前提である少年側の気持ちはなぜか無視され、一方的に欲望を押しつけられる。

匂いを嗅がれただけだったとしても、坂本は愉快ではなかったはずだ。

「ちょっとごめんね」

坂本は文弥がいつもきっちり留めている学生服の襟のホックをそっと外し、頬にかかっていた髪の毛を耳にかけた——あからさまな拒絶が男の征服欲を煽るならば、あらかじめ少し隙を見せておく作戦は有効かもしれない。

「少なくとも、八巻先生は二度、三度…ということはないみたいだから……」

頷いたものの、文弥は半信半疑だった。

このところの八巻の視線に、執拗《しつよう》さが加わってきたのを感じていた。文弥が下手に逃げ回ったせいで、八巻は思いを膨らませてしまったのだ。

本当に、匂いを嗅ぐだけで気が済んでくれればいいのだが……いや、その行為にしろ、充分におぞましい。

「ぼ…僕、行ってくるよ」

文弥は言った。

「さ、坂本くん、悪いんだけど、あ…赤松先輩に、今日はノートを買いに行けませんと、つ、伝えに…行ってくれないかな?」

「いいよ。ノートなら、僕が買いに行ってあげてもいいしね」

「あ…ありがとう」

二人は教室を出たところで別れた。文弥は学科指導室へ、坂本は文科三年の教室に向かう階段へ。

惣一郎は荷物をまとめて、教室を出るところだった。

坂本は惣一郎の側に駆け寄ると、文弥が八巻教諭に呼び出され、ノートを買いに行くお使いが出来ないのを気にしていたと伝えた。

「ノート?」

言いつけた覚えのない惣一郎は、怪訝そうに坂本を見下ろした。

「八文字屋《はちもんじや》なら、僕が行ってきましょう。あそこの質のいい舶来品のノートを使うと、他のはもう使えませんよね」

「いや、ノートは今日でなくていい。悪いが、聞かせてくれないか。あいつはどうして八巻先生に呼ばれたんだい？」

坂本は話した――答案裏に描いた絵に対する加点を認めないと言って、八巻教諭が文弥に公式を覚えさせるために学科指導室に呼びつけた、と。

「……八巻はまずい」

惣一郎は眉間に縦皺を寄せた。

「公式以外のものを学ばせられるぞ」

文弥は坂本を惣一郎のところへ寄越すことで、自分に危機が迫っていることを知らせてきた。助けてくれという直接的な伝言にしなかったのは、奥ゆかしい性格ゆえか、それとも惣一郎を試しているのか。

憤然と惣一郎は歩き出した。

「あ、赤松先輩！」

慌てて坂本が惣一郎の後を追う。

「さっき一緒に行こうかって僕が言ったら、小堀くんは呼ばれたのは自分だけだからいいって、しっかりと……――」

「強がりだな」

「あの、八巻先生は…ちょっと耳の後ろの匂いを嗅ぐだけだと思います。差し出がましいことを言いますが、大ごとにしないほうがいいかもしれないですよ」

惣一郎はそう言った賢《さか》しい後輩をチラと振り返り、いやいやと首を横に振ってみせた。

「相手がお前ならそうだとしても、あいつが相手の場合は違うかもしれない。天真爛漫《てんしんらんまん》なお前は大事にしたいと思わせられるんだろうが、文弥はどうしてか踏みにじってやりたいという気分にさせるところがあるからな」

惣一郎が文弥を名前で呼んだことに坂本は気づいた。

「甲羅《こうら》に閉じ籠もった亀は突っつかれますもんね」

「そう、あれは不器用なんだ。短歌や三味線は饒舌なくらいに達者なんだがな」

「八巻先生、変に気持ちを盛り上げてなきゃいいんですが」

二人は廊下を滑るように急ぎ、階段を駆け下りた。

惣一郎の歩幅は大きく、直に坂本は引き離された。惣一郎に任せておけば大丈夫と見越すと、坂本は後を追う速度を緩めた。

学科指導室の扉をノックする前に、文弥はせっかく坂本が寛げてくれた襟元をいつものようにきっちりと留め直した。あらかじめ降参の気持ちを示すという坂本の意図は分かっていても、挑発的に見えてしまうのが怖かった。

まさか匂いを嗅がせるだけで済むとは思っていなかった。文弥は自分の下手な拒絶が八巻教諭に火を点けたのを察しており、自業自得だとの思いを噛み締めていた。しかし、他にどうしたらよかったのか。

ノックをすると、すぐに入りなさいとの声がした。

文弥は扉を開けた。

八畳ほどの部屋には、一方の壁を占める黒板と教卓、それらに向かい合うようにして生徒用の机と椅子が三組横並びに置いてある。

教卓の前に立っていた八巻は、文弥に真ん中の机につくように指示した。

文弥が座るなり、問題用紙が机に置かれた。さらに、公式を大きく書いた半紙が三枚出され、八巻はその半紙を指で叩きながら早口で説明した。

「この問題はこの公式、次の問題はこっちの公式、その次はこれだ。難しいことはない。この三つの公式を覚えていれば、誰でも解けるレベルの問題だ」

「……」

「さあ、式を立ててみなさい」

「あ…はい」

文弥が鉛筆を動かしている間、八巻は文弥の周りをうろうろと歩き回っていた。文弥はそれが気になって、なかなか公式に数字を当てはめることが出来ない。

戸惑う文弥の頭上から、八巻が大仰に言う。

「あぁ、あぁ、あぁ……おいおい、きみ、時間が掛かりすぎだろう?」

文弥は必死に落ち着こうとした。

「……理科の学生が情けないね」

情けないと断じられ、鉛筆を握った指がわなわなと震え出した——屈辱と戦慄に、体温が急速に下がったのだった。

やがて、肩口から腕が伸びてきて、筋張った手が鉛筆ごと文弥の手をぎゅっと握った。

「や…やめ…——」

「こうだよ」

八巻は強引に文弥の手を動かし、数式を書かせた。

「ほら、数字がきっちりと式に組み込まれただろう? 後は順番に解いていけばいい」

「は…放してくださいっ」

八巻は手を放したが、後ろから覆い被さるようにして文弥の肩に腕を回した。髪の毛で隠れている耳の近くに鼻を寄せ、スン…とわざと音を立てて匂いを嗅いだ。

「……良い匂いだ」

耳に溜息混じりの声を注がれ、文弥は全身の肌が粟立つおぞましさに喘いだ。

「う、ううう」

「こんなにきっちり襟元を留めたら、苦しいだろう?」

ホックを外されてしまう。

さらに髪の毛を掻き上げられ、耳たぶをしゃぶられた。

文弥は首を竦め、震え声で訴えた。

「や…やめて、くださ……」

「きみはわたしを避けていたね……わたしが何かすると思ったのかい?　期待に応えて、せっかく摑まえたきみになにをしようか」

「――な、なにも」

なにもされたくない。

文弥は立ち上がろうとしたが、強い腕に阻まれた。痩せた身体に男の腕は重たく、きつく絡みつく。無力な自分が情けなかった。

「おや、泣くのかい?」

指摘されたと同時に、涙が頰を滑った。さしたる抵抗も出来ないままで、もう諦めの気持ちに心が染まってしまっている。

(どうしたら、よかったんだ……?)

嫌がられていると分かっているはずなのに、なぜこの手の男たちは気持ちを押しつけ、逃げる者を追い詰めようとするのか。薄汚い欲望を他人に押しつけることが出来るのか。

「目元が染まっている、あぁ…化粧をしたみたいだ。この前きみに会いに来た玄人の女性、随分と若く見えたが、きみのお母さんだそうだね。きみの描いた美人画にも面影があった。美しい女が好きかい？　抱きたいと思うの？　それとも、優しく抱かれたいのかい？」

分からない、と文弥はゆるゆると首を振った。

「ぼ、僕は…母に抱かれたことなんて、ありません」

「女が怖いか？」

文弥は頷くのを躊躇った。

怖いのは女性に限らない。男も怖い。文弥にどうしたいかを一度も尋ねず、自分の意向を押しつけてくる人たちばかりだ。

「男のほうがいいだろう？」

文弥は首を横に振った——嫌いだ、と。

思い出されるのは、熱い肉体と噎《む》せるような匂いだ。やめてと何度も懇願したのに、やめてくれなかった。痛くて、辛いばかりの行為が延々と続いた。

全てが明るみになったとき、男は文弥が誘ったのだと言い逃れようとした。さすが柳橋の芸者の息子は手管《てくだ》に長けている、と。

「や…嫌です」

拒絶されたのに、八巻はふふと笑った。

「どっちも嫌だなんて、どっちも好きと同じことだ。あの母親から生まれたきみが、情熱的でないわけがないよ」

「そ…そんな」

あんまりな言いようだ。

こっちをお向き…と、顎を摑まれた。

「この唇を吸うよ」

文弥は唇を噛み締めた。

「い…嫌です、や、やめて」

「およし」

顎を揺さぶられるが、揺さぶられるほどに力を込めた。流しっぱなしの涙と同様に、文弥の口の中に血が溜まり始めた。

「噛むのを止めるんだよ」

バタン！

扉が勢いよく開かれた。

飛び込んで来たのは惣一郎だ。

八巻が文弥から離れるだけの間はなかったが、入ってきたのが他の教諭でなかったことにとりあえず彼は胸を撫で下ろしたかもしれない。

「部屋に入るときはノックをすべきではないのかね、赤松くん」

大人の冷静さを装いながら、文弥からさりげなく距離をとる。

「あんた、何してたんだ?」

惣一郎の青みがかったグレーの瞳は獲物を狙う肉食獣のように鋭く光っていたが、八巻はそれに捕らわれないよう、素早く目を逸らした。

「きみには関係ないよ」

「こいつはオレのものだ」

噛みつくように惣一郎は言った。

「オレに断りなく、触らないで貰おうか」

「では、断ればいいのかな?」

賢しらに返した八巻に惣一郎は大股で近づくなり、広げた掌で装着している眼鏡ごとその顔面を覆った。全ての指に力を入れながら、歪んだ声で言う。

「黙れっ」

眼鏡の縁がへしゃげ、外れたレンズが床に落ちた。

額と頬骨を押さえられ、唇と鼻を半分塞がれた八巻は、痛みと息苦しさで唸《うな》るだけだ。

剣道で鍛えた握力は、躊躇いなしに八巻の顔面を破壊しかかる。

およそ一分――八巻にはその何十倍も長く感じられただろう。惣一郎が手を放したとき、彼はへなへなと床に崩れた。

惣一郎はそんな八巻を一顧《いっこ》だにすることなく、縛りつけられたかのように椅子から動けないでいる文弥のほうへと踵《きびす》を返した。

文弥の口から血が溢れていた。

それを目にした途端、惣一郎は冷静さをすっかり失った。血走った目を文弥に向け、強い口調で責め立てた。

「こいつとこんな場所で二人っきりになったら、どうなるかくらい想像がつくだろう? ここに入ったことで、お前はなにをされてもいいと身を投げ出したんだぞ」

「そ…そんなつもり――」

涙だらけの顔で、文弥はいやいやと首を横に振った。

「まず、オレのところに来れば良かったんだ。なぜ一緒に来てくれと言いに来ない。オレは頼りにならないか?」

「……め、迷惑になる…もの」

「オレにどんな迷惑がかかろうと、お前が無事なほうがいいに決まっている。せめてすべきことをしてから、諦めろ。諦めが早いのは長所ではないぞ」

惣一郎は文弥を掬《すく》い上げるようにして椅子から立たせ、その顔をじっと見下ろした。

ふっと瞳が和《やわ》らいだ。

「いや、お前は諦めなかったんだな」

血まみれの唇を指で辿る。

「口づけは許さなかったのか」

こくりと頷く。

惣一郎は文弥をぎゅっと抱き締めた。

自分の胸に押しつけながら、聞いた。

「されたことを言いたまえ。オレがそれ相応の報復をする」

「て…手を、手を握られました……は、放してって言ったのに、放して、くれ…ませんでした」

「それから？」

「襟のホックを外して、匂いを…匂いを嗅がれました」

おぞましさを思い出し、文弥は震えた。

「嫌だったか？」

「と、鳥肌が……」

「他には？」

「み…耳たぶを」

「耳たぶをどうされたんだ？」

「しゃ、しゃぶられまし…た。そして、は…羽交い締めに……——」

「よし」

惣一郎は言った。

「こいつの鼻を削《そ》ぎ、耳を落としてやらねばならないな」

壊れた人形のように床に頽れていた八巻が、ぴくりと身動《みじろ》ぎした。

「他に嫌だったことは？」

「は、母に…母に似ているから、こ…好色だろうと、決めつけられた。お、女も…男も好きだろう、と」

「下衆野郎《げす》めっ」

惣一郎は文弥を抱いたままで八巻の側へと移動し、その脇腹を靴の先で軽く蹴った。

腰を抜かしたままなのか、八巻はずるずると床を這いずり、惣一郎から距離を取ろうとし始めた。

惣一郎は腕の中の文弥に聞いた。

「お前、こいつをどうしたい？」

「……ほ…他の子も、嫌な思いをさせられたんです。だから、そ、それ相応の……——」

「被害者の署名でも集めて、理事長に提出するか。新聞社に売るって手もあるな」

「や、やめてくれっ」

悲鳴のような声で八巻は叫んだ。

「そんなことをされたら、退職金どころか次の働き口の紹介状も貰えない。や…やめるから。今期限りで、この学校を去ることにするから」

「そんなんじゃ全く罰にはならねえな」

蓮っ葉《はすっぱ》に言い、惣一郎はふんと鼻で笑った。

「どっかの私立高校に勤めて、また生徒をこっそり可愛がろうってんだろ？　あんたにとっては全くいい仕事だよ、教師ってのは」

「……そ、そんなことは、もうしないっ」

八巻は必死の形相で首を横に振った。

「ここを出たら、け…結婚するよ。うん、そうする。男の子はもういい。田舎の母もオレが家庭を持つことを望んでいるんだ」

「あんたの未来に興味はないね。とっとと辞表を書くんだな。自分で辞めないようなら、オレが手を打つ。大袈裟に騒ぎ立てて、顔を上げて歩けないようにしてやってもいい」

脅した上でしっしっと惣一郎が手で払う仕草をすると、八巻は転がるようにして学科指導室を出て行った。

この顚末に、文弥は唖然とするばかりだった。

「小堀、部屋に戻ろう」

惣一郎は促したが、文弥の耳には届かない。

いまだ全身は小刻みに震え、目はカッと開いたままで瞬《またた》きをしない。歯がガチガチと鳴っている。平常には遠い状態だ。

「文弥っ！」

名前を呼ばれて、ハッと文弥は惣一郎を振り仰いだ——面と向かって名前で呼ばれるのは初めてだった。

ショックがショックを上回り、目の焦点がやっと合った。

「……あ、赤松さん」

「オレの名前は惣一郎だ。エルンストでも構わない」

惣一郎は言ったが、名前で呼べという意味には聞こえ難かった。

「エルンストだ」

促され、文弥は馴染みのない音を小さくなぞった。

「え…えるんす…と」

「そうだ。オーストリアではエルンスト・惣一郎・赤松・フォン・ヘッセンと名乗る。それが正式だ。ヘッセン家では古くからよく使われた名前で、近々では祖父の父親——オレの曾祖父もエルンストだったらしいな。日本でオレをそう呼ばわるのは父だけだがね」

「え…えるん…すと、さん」

嚙み締めるかのように繰り返した唇には、血がこびりついている。

その痛々しさに、惣一郎の胸には文弥を愛おしいと思う気持ちがどっと溢れた。可哀想と愛しいは存外近いところにある。

少し屈み込んで、文弥に口づけた——ほんの一瞬のことだった。

文弥は信じられないというように惣一郎を見上げ、潤んだ瞳を少し揺らした。

「嫌か？」

少し掠《かす》れた声で惣一郎が聞くと、文弥は小さく首を横に振った。そして、さっきからずっと近々と寄り添っていた惣一郎の袖をぎゅっと摑んだ。

＊＊＊

期末試験が終わった。

長い夏の休暇でみんなが帰省する前に、西寮対東寮の大掛かりなストームが行われた。ストームとは襲撃を意味し、学生たちが弁舌や腕力などでぶつかり合う。テーマはなんでも構わない。思いっきり声を張り上げ、汗だくになって暴れることで、ストレスを発散するのが主目的だ。

西寮対東寮のストームというと、かつて旧校舎があった裏庭の占有面積が争点とされる。季節の変わり目にはほぼ必ず行われ、その勝敗により境界線が変わるのだ。

日時の摺り合わせが済むと、両陣営とも寮長を中心に綿密な作戦会議に入る。

この度、東寮の作戦本部を取り仕切ったのは惣一郎で、坂本たち剣道部の後輩らが積極的に動いた。それに対し、西寮の作戦本部長は柔道部部長だった。

寮対抗ながら、剣道部と柔道部の統率力が試された。

惣一郎は文弥の案を採用し、引っ越しのために置いてある数台のリヤカーを用いて、可動式のバリケードを拵えた。

これで敵を挑発・攪乱《かくらん》し、大きな勝利を摑むに至った。

「赤松先輩、敵将を捕らえました！」

「あ、白旗だ。我が軍の勝利決定ですっ」

「よし、東寮の旗を揚げようぜ」

停戦が叫ばれ、境界線を引き直した後は、両軍入り交じっての宴となる。

石を積んで竈を作り、根菜をぐつぐつ煮込んだ鍋を囲む。酒瓶を回し飲みして、叫べ、歌えと盛り上がる。

「ヨーイ、ヨーイ、デッカンショー！」

お決まりのデカンショ節だ。

彼らが学院の塀の中にいる限り、教職員たちは見て見ぬふりをし、学生たちに大いに発散させる。自分の学生時代を思い出して策を授けた者、こっそり参加する者……職員一同にも、ストームは必要欠くべからざる行事との認識がある。

「アインス、ツヴァイ、ドライ」

最後には寮歌の大合唱となった。

そして、ストームの翌日、翌々日には、ほとんどの学生たちが故郷を目指した。


四日目の夜、東寮に残っていたのは、もう惣一郎と文弥だけだった。夏季休暇中はあらかじめ申請すれば食事は出して貰えるが、入浴は町の銭湯に出向かねばならない。

夕飯の後、二人は一緒に出かけることに。

荷物になるし、汗をかくからと、惣一郎は文弥に浴衣を着て行くようにと勧めた。

「え、襟が…開いて…――」

文弥はしきりに開き具合を気にする。

日に焼けていない青白い肌に目が吸い寄せられそうになり、惣一郎はそこから強いて目を逸らした。

「だから、涼しいんじゃないか。夏は浴衣に限るよ」

揃って浴衣を着て、下駄をカラコロいわせながら歩いていく。

町の人々に混じって風呂に浸《つ》かった後は、途中の甘味屋の店先でかき氷を注文した。

木の長椅子に横並びに座ったのに、文弥はもじもじと動いて二人の間に人一人分の空間を空けたがった。

口に出しては咎めず、すかさず惣一郎は間を詰めた。それを繰り返すこと二回で、文弥は椅子の端に追い詰められてしまった。

「逃げるなよ」

惣一郎の抗議に文弥は小さくなる。

膝の外側をくっつけるようにして二人が並んで長椅子に落ち着いたとき、ちょうどかき氷が運ばれてきた。

青梅と砂糖を煮詰めて作ったシロップが甘酸っぱくて美味だった。

「わりと美味《うま》いな。個人的には、小豆餡をかけたもんが一番だと思っていたがな」

「こ…小堀の家では、黒蜜を……」

「黒蜜も良さそうだな。そう言えば、オーストリアでデザートに雪が出されたことがあったっけ。いちごのジャムを薄めてソースにしたものが掛かってたな。雪と言えば……そう、あそこの料理人は子供好きでね、皿に雪を平らに盛り、そこに樹液を煮詰めたものを垂らして飴菓子を作らせてくれたよ。鼈甲飴《べっこうあめ》のようなものだ」

「じゅ、樹液を？」

「楓だったと思う。うん、楓だな」

甘い樹液が取れる楓が沢山生えていたんだよと言って、惣一郎は遠い目をした。

「ヨーロッパの大自然をお前に見せてやりたいなあ。霞がかった広大な森に、果てしなく流れる大きな川、深い色の湖……なにもかも日本とは規模が違うんだ。そして、ウィーンはよく造り込まれた美しい街だ。馬車が走り抜ける石畳の道の両側に、レンガや石で作られた洒落《しやれ》た屋敷が並ぶ。そこかしこから流れてくる音楽に、華麗なドレスで花束みたいに見える女たちがくるくると踊るんだ。お前なら、絵に出来るだろうよ。そういう美人画を描いてみたくないか？」

「……オ、オーストリアに、帰り…たいですか？」

文弥は聞いた。

「どうだろう。不当な扱いをする継母への反発でか、ここ数年のオレは赤松家を継ぐことしか考えてなかったからな。西洋かぶれの父ではなく、オレが目指すのは祖父なんだよ。祖父は死ぬまで武士だった。また維新のような国が動く事態になるかもしれないと常に身体を鍛え、大義のためにいつでも死ねる覚悟をしていた。今やオーストリアは遠いな」

「でも、お手紙の…や、やりとりは…――」

「有り難いことに、向こうの祖父母は日本に来たきりのオレを忘れずにいて下さる。大戦後のごたごたが落ち着いたことだし、最近ではそろそろ留学して来ないかと言ってくるんだ。オーストリアでは王制が崩れたが、祖父は鉱山を持っているから経済的には悪くないらしいよ。ただ、大戦時に戦場で負った傷が元で、まだ幼い息子を残して伯父が亡くなってしまってね……祖父はなんとしても長生きしなければならなくなった」

「お…いくつ、ですか？」

「七十六かな。もう十年近く会ってないから、どれだけ年寄りかも分からないね。赤松の祖父は七十三、祖母は七十一で亡くなったが」

「会いに…い、行かなくては」

「父が欧州との取り引きを再開させれば、行く機会もあるだろう。そう遠い話じゃない。そうだ、お前もついてくるか？」

「……何十日も、ふ…船で？」

「天候次第だが、四十日かそれくらいかな」

「と、遠い…ですね」

「ああ、遠いよ。母との出会いから六年、父はよくも欧州と日本を行ったり来たりしていたものだよ。オレには出来るかな……いや、それ以前に、そこまでしたいと思う相手に出会えるかどうかだな」

惣一郎は少し自嘲ぎみに笑い、直《じか》に器《うつわ》へ口をつけた。みぞれのように溶けかけた氷をずずっと啜《すす》り、器を空にした。

文弥はその喉仏が下から上に動くのを見ていた——この人は、どんな女性を選ぶのだろうと思いながら。

「ううっ、眉間にきたぞ。お前は大丈夫か？」

惣一郎が唸る。

「僕は…少し、頬骨に……」

「ここか？」

文弥の頬を惣一郎の大きな手が覆う。

ふと真顔になった。

口づけされるのかと思い、文弥は密かに身構えた。

文弥の頬が強張ったのが分かったのだろう、スッと惣一郎が目を逸らした。

「……温かい茶が欲しいな」

「あっ、僕…も、貰ってきま…——」

せかせかと立って行きながら、文弥は自分がホッとしたのか、それともがっかりしたのか量りかねていた。

一度だけした惣一郎との口づけに嫌悪はなかった。

あのときは、八巻教諭との件で茫然としていた自分を慰めるためにしてくれたのだ。驚きのほうが大きかったが、嬉しくなかったとは言わない。

惣一郎との距離が一気に縮まった気がした。

しかし、二人は男同士だ。二度目の口づけはあっていいものだろうか。それを望んだり、喜んだりするのは間違っているのだろう。もし惣一郎がそうしようとしたら、むしろ文弥が避けるべきなのか。

そもそも、欧州で幼児期を過ごした惣一郎と文弥では、口づけの意味が違っている。聞くところによれば、向こうでは単なる挨拶として口づけをするらしい。

文弥はそっと自分の唇に触れてみた。氷を食べて冷たくなった唇は、なにか熱いものを求めているように思われた。

少なくとも、惣一郎の口づけは冷たくはなかった。

(他人に口を吸われるのは、虫酸《むしず》が走るほど嫌だったのに……)

店の人に頼み、茶を二つ用意してもらった。

それを盆で運んで行くと、惣一郎が星空を見上げていた。

「……ほ、星を、見て……──？」

「うん、今日は星がよく見える。不思議だよなあ、どんなに遠く離れていても世界の空は繋がっているんだ。あちらの人間が何時間か前に見た空が今はここにあるわけだよ」

「地球が、回っている…のか、空が…な、流れているの…か」

「地球だろ?」

「ぼ…僕には、実感…出来ません」

「理科の学生の言うことには思えんがな」

目が合った。

文弥が逸らそうとする前に、惣一郎が笑った――グレーの瞳が閃《ひらめ》く。

それに誘われ、文弥も微笑まずにはいられなかった。

「お…お茶を、どうぞ。し、新茶ですって」

「貰おう」


寮に戻ると、二人それぞれに葉書がきていた。

惣一郎は弟から。文弥は養母から。双方ともに帰宅を楽しみにしていると結ばれており、期せずして二人はほぼ同時に溜息を吐いた。

惣一郎が継母の支配する東京の家を嫌っているのを知っていても、弟妹たちは兄に会いたがっていた。

文弥の養母は、文弥が帰省してこない理由を察しつつも、臆面もなく、早くこちらへ戻ってきなさいと書いていた。

「お前は…帰省すべきじゃないのか?」

養家に対し、育てて貰った恩と学費を払って貰っている感謝を文弥は一度ならず口にしていた。養父母の求めには応えねばならないはずだ。

「最後に帰ったのはいつだ？」

惣一郎の問いに、正月には帰ったと文弥は答えた。

「姉…義理の姉と溝が出来てしまって…——」

「なにがあった？」

「い、いろいろ…と」

「話せよ」

強く言われ、文弥はぼそぼそと話し出す。

「あ、姉の…義姉のお婿さんが、同居…するようになって…——そ、その人って、うちに下宿していた、医学生の一人…だったんですが、ぼ、僕はあまり好かない……まぁ、義姉がいいなら、いいんでしょうが——…でも、でもね、義姉には…もっと、好きな男がいたんです。その男…その人は、義姉さんを好きにはならなかったけど」

「古今東西、失恋したのはお前の義姉だけではないぞ。一番好きな相手とは結ばれないって言うじゃないか。妥協しての結婚をお前は認めない、と？」

「ど…してかな」

溜息交じりに文弥は言った——惣一郎に聞かせるつもりではなく、独り言のように。

「どうして、人は…自分に相応しい相手が分からないんだろ……一目で分かったなら、間違わ…ない、のに」

文弥が自分の考えを口にするのは珍しい。惣一郎は相槌も打たずに、文弥がその先を続けるのを待った。

「僕は…僕は、自分が好きになれそうもない人に…す、好かれたくないし、好きになった人に、好かれそうもなかったら……ああ、引き摺ることなく、身を引きたい…です」

「八巻のことか？」

文弥を口説こうとした数学教師は、あの後すぐに辞表を出し、もうとっくにこの学院から姿を消している。

「せ、先生…あの人に、いくら好き…と言われても、僕はダメ……好きにはなれなかったと思い…ます。まあ、か…彼は、僕をそれほど好き…じゃなかったと思いますが。あぁ…なんというか、あの人は…誰でもよかったんじゃないかな。ただ…性的な人間、だったんでしょう」

「かもな」

「で…でも、義姉は…それほど好きでもなかった男に、く、口説かれ続け、だんだん…好きになっていったみたいです。そ…んなことって、あるんですか？」

「ほだされたってことだろ」

よくある話だと惣一郎は言ったが、文弥は納得いかないようだった。

「結果的に相思相愛になったのならいいじゃないか」

「それなら…いいです。うん。ちゃ…ちゃんと、好きになったのなら。でも、あ、あてつけとか…そういうのはよくない」

「お前はなぜ義姉の旦那を好かないんだ？」

「か、彼は…彼は、卑怯な男だと思うから。義姉に、ふ…ふさわしいとは思えないんです。僕がそう思っているのが分かるせいか、義姉さんは…ずっと、よそよそしい」

「卑怯？」

惣一郎はさらに話を促したが、そこまでだった。

「ご…めんなさい。この話…したくないです」

珍しく、きっぱりした語尾だった。

文弥は三味線を手にした。

「少し、弾きます…——いい…ですか？」

「リクエストしていいか？　『今小町《いまこまち》』が聞きたい。弾けるか？」

「はい、た…たぶん」

がらんとした寮に、三味線の音が響き渡る。

惣一郎はベッドに横たわり、青白い月の光を浴びながら、三味線の旋律に乗った文弥の震えやすい細い声に耳を傾けた。

落ち着いて弾いているつもりだろうが、感情が透けて見えるようだった。

（……理由はどうあれ、お前も家に居場所がないってことだな）

自分と同じ孤独が文弥にあるのを惣一郎は感じる。

家族の中にいての疎外感、食い違う愛情、理想と現実の差、将来への不安……惣一郎でもときに叫びたくなるほど苦しいのに、華奢な文弥がそれらを背負わされているのは惨いことだと思う。

（オレは戦うつもりだが、お前にも戦えとは言えないな）

なかなかの難曲を文弥はどうにか弾ききった。『今小町』は、郭《くるわ》の頂点に立つ女の恋に生きる覚悟をテーマにした小粋な曲だ。

文弥は実母を重ねたのかもしれない。最後の一節「積もる思いの片糸も解けて嬉しき春の夢」は少し涙声だった。

「なにを泣く？」

惣一郎は優しく問いかけた。

「わ、分からない…んです」

文弥は絞り出すように言った。

「ぼ…僕は、人を好きになる気持ちがよく分からない。む、無我夢中になるのは……怖いし、なられるのも…。ど、どんなに燃え上がっても、やがて別れはくるんでしょう？　こ…恋なんか、してもしょうがないって、お、思いませ…か？」

「いつか別れるかもしれないから、今この時に賭けるのが恋ってやつだ。大抵の恋歌はそういっているだろう？」

「そ、そんな儚い…――」

「儚いのは嫌か？」

「だって…信用出来ないもの。そ、そんなのを頼りに、い…生きていこうなどとは思えない。危なっかしすぎて……」

「それなら、愛まで高めればどうだ？　愛は続くものだろ」

「か…家族のように？」

「……オレはよく知らないがね」

そう言った惣一郎の苦笑いに、文弥も苦笑いを重ねた――その長い睫毛にはまだ涙が引っかかっている。

「ぼ、僕も…よく知り、ません」

文弥は三味線を風呂敷で包み、机の脇に立て掛けた。

静かな夜だ。他の人間の気配がないせいで、うっかりこの世界に二人っきりになったと錯覚しそうになる。

　ふと惣一郎は文弥に自分のことを語ってみたくなった。

「オレの話、聞きたいか？」

「は…はい」

　文弥が頷くと、惣一郎は始めた。

「オレが生まれたのはオーストリアの祖父の城だ。そこには八…いや、九歳までいたよ。欧州に留学していた父と侯爵令嬢の母は、舞踏会で出会ったと聞いた。周囲の反対を押し切って二人は結婚し、一年後にオレが生まれた」

　惣一郎の祖父にあたるヘッセン侯爵が身体の弱い愛娘が海を渡るのを許さなかったため、惣一郎の父が日本と欧州とを行ったり来たりする形での結婚生活だった。

　しかし、そんな二人の生活は長く続かなかった。惣一郎が四歳のときに侯爵令嬢が病気で亡くなったからである。

　以来、惣一郎の父親は日本に戻ったきりとなり、幼い惣一郎は自分の父親の顔を忘れ、日本語もすっかり忘れてしまった。

「オーストリアの祖父母は優しかったし、伯父夫婦にも可愛がられ、オレは寂しいとも、自分を不幸だなどとも思ったことはなかった。オレの顔立ちがゲルマン民族のそれに近いせいか、むこうで差別されたことはなかったな。祖父の力のせいもあったろうし、まだ時代が良かったからかもしれない」

城の庭には桜があった――惣一郎の父親が苗木を持ち込み、植えたのだ。

侯爵令嬢ははるばる海を越えてやって来る夫を思って、桜の木の側に何時間も佇んでいたという。彼女は夫と一緒にどこへでも出掛けて行きたかったのかもしれない。

「母が死んでからは、祖母が桜の木の下に立つようになったよ。いつだったか、祖父に頼まれて、寒いから部屋に戻ろうと祖母を迎えに行ったときのことだ。オレは満開の桜に降りかかる雪を見たんだ。オーストリアの曇天《どんてん》に雪と桜が一緒に舞っていた。刺すように冷たい空気を今でも思い出すことが出来る」

ああ、と文弥は思った。

(雪と桜に縁がある…と。だから、僕の短歌を…――)

第一次世界大戦が始まる直前、惣一郎は日本に来た。欧州は危険な状況になると踏んだ父親が迎えに来て、祖父母の手から掠うようにして船に乗せたのだった。

「初めての船旅は楽しかったし、父親を知るにも十分な日数だった。だが、父は日本で再婚していたんだ。知らぬ間に、オレには弟と妹が出来ていた。小さい弟妹は可愛かったが、父の妻になった女は頑としてオレを受け入れなかったね。彼女を母と呼ぶことは許されなかった。オレが近づくと、犬猫を追い払うようにシッシッという仕草をするんだ」

「そ…そんな、ひどい」

文弥が痛ましそうな顔をする。

「でも、まぁ、そのくらいは序の口だったよ。オレの生まれに対する世間の差別や偏見は、もっと凄まじいものだったよ。見知らぬ人間から石を投げつけられたり、唾を吐きかけられたりもしたっけな」

中学入学までは武蔵野の祖父母の元で過ごし、以後は赤松伯爵邸に移ったが、惣一郎は弟妹と食卓を共にすることが許されなかった――みじめだった。

それでも、赤松家の跡取りは自分だという思いが惣一郎にはある。祖父はそのつもりで彼を厳しく育てたのだし、それを依頼したのは父だったはずだ。

「桜濤を出たら、オレは帝大で法律と経済を学び、父の事業を引き継ぐ準備に入る。親戚どもに文句を言わせないためには、この国の最高学府で学問を修める必要があるんだ」

自らの決意を語ってから、惣一郎は文弥に水を向けた。

「お前は？　お前はどんなふうに育って、どう生きるつもりだ？」

「ど、どんなふうって…――」

「話せよ」

顎をしゃくって促され、文弥はぽつぽつと言葉を紡ぎ始めた。

「ぼ…僕の生い立ちは、そんな…か、語るに足る話では…ありません。か…かなり若くして僕を産ん…だ母は、虚弱な赤ん坊を育てられず、い、医者の家に置き去りにしたんです。ぼ、僕は、小堀の家で、大事に育てて貰い…ました」

六歳のある日、文弥は激しく掻き鳴らされる三味線の音を耳にした。赤ん坊だった文弥を置き去りにしたくせに、身勝手にも、実母の琴音が子供に会わせろと門前に座り込んだのだ。

そのとき、自分は芸者の私生児だと使用人に教えられた。

それまではお医者の家の坊ちゃんとして無邪気に育っていたのだが、それ以来、養父母や義姉に対し、しきりに申し訳なさを感じるようになってしまった。

一度面会が適うと、実母は何度も会いに来た。気まぐれで、幼い子供の扱いが下手な実母に会うのは、少しも楽しいことではなかった。

「こ、小堀家の…本当の子供になるために、ぼ、僕は、医者になって家を継ごうと決心しました。しょ…正直、勉強はそれほど得意じゃないんですけど……でも、僕が優等を取れば、養父母が大喜びしたんです…——と、当時、養父母は、僕が医者になることを望んでいたと思い…ます。で…でも、高等学校に入る前に、と、突然、その必要はなくなってしまって…——」

「義姉さんが医者の卵と結婚して、跡を継ぐことになったんだよな？」

「そ、そう…です。それで、僕は…養父母に、好きに生きていい…と言われました。よ、喜べなかった…ですよ。なんだか、僕には…とてもショックで…——」

「家から追い出されるとでも思ったのか？」

「え…ええ」

文弥は頷いた。

「自分の立ち位置が、本当に、わ、分からなく…なり、ました。だ…だから、余計、医者にならなきゃ…と思い詰めてしまって――で、でもね、自分の得意とは違うんです。す…数学や理科を勉強するのは、つ…つらいです。だけど、た…短歌や絵じゃ、あの家ではなんの役…にも立ちませんもの。も…もちろん、そんなんで身を立てられる…とは、さすがに思っていませんし……」

哀しげに小さく笑った文弥のいじらしさに、惣一郎はなんと言ってやったものか分からなかった。

やがて、溜息交じりにまとめた。

「……オレたちは二人とも家族の中で孤立していたわけだ」

堂々たる伯爵令息とやたらと大人しい医者の養子の組み合わせは、ミスマッチなようで、実は肩を寄せ合う理由があったのだ。

孤独な魂は寄り添おうとするものかもしれない。

しかし、二人の性格はまるで違う。

頑健な身体と明晰な頭脳を持ち、不屈の意志を持つ惣一郎――少なくとも彼は自分に自信があり、明るい未来を頭に思い描き、それに向かって歩くことが出来る。

一方、自分に自信がない文弥はあらゆる選択にまごつくばかりだ。少しの風に吹かれても心が震えてしまう。喜びや悲しみ、怒りの感情は膨れやすく、それらが身の内から零れないよう、文弥は言葉で括るか、紙の上に形を与えるかしなければならない。

産みの母が一心不乱《いっしんふらん》に三味線を弾くのと同じだ。彼女は拙い言葉の代わりに、鋭い目つきと三味線の音色で溢れる感情を物語る。

（……僕があの人に似ているのは、顔だけ…じゃ、ないんだ）

あの人は——彼女は、誰を思って『今小町』を弾くのだろう。文弥の父親をちゃんと愛していたのだろうか。

文弥は再び三味線に手を伸ばしかけたが、途中で止めた。

顔を上げ、惣一郎に聞いた。

「れ、恋愛…したこと、ありますか？」

「どうだろう。あれは恋愛といっていいのかな。中学の頃だよ」

請われるままに、惣一郎は語った。

「妹にピアノを教えに来ていた宣教師の娘と手紙のやりとりをしていたよ。宣教師が母国に帰るときまで、半年くらい続いたかな。あの娘の青い瞳が好ましかったんだ。オレの母親の目が青かったせいかもしれない。使用人を通して手紙は行き来させたけど、二人っきりで会うどころか、話をしたことは一度もなかった。でも、オレは恋をしていたらしいよ。

横浜《よこはま》の波止場まで見送りに行き、帰りには少し涙ぐんだ覚えがある」

「あ、あなたが…泣く？」

惣一郎の打ち明け話に、文弥はうっすらと微笑んだ――話してくれたのが嬉しかった。

「高等学校に入る少し前には、父の友人に遊郭に連れて行かれた。そこで筆下ろしを済ませたよ。しばらくは相手の顔を忘れられなかったな。だいぶ年上の女だったがね」

「それは…恋とは、ち、違います…よね？」

「うん、違うな」

惣一郎はあっさりと認め、文弥にも話すように促した。

「お前は？　お前の恋はどんなだった？」

「ぼ、僕…ですか？　僕は、まだ…恋をしたこと、ありません。人を、好きになれる気がどうもしなくて…――」

「オレのことは？　オレを好きだろう、お前」

悪戯っぽい問いかけだったが、文弥は同じように重ねようとはしなかった。

少し間があった。

「……好きって、言っても…い、いんでしょうか？」

囁くほどの声だ。

「いいんじゃないか、二人きりだ」

「でも、二人とも男で……硬派、というんでもない。身分だって違う……――だから…ダメ、です。言わないほうが…い、い――」

拒絶の言葉を吐きながらも、文弥は惣一郎に熱い視線を投げかけていた。

言葉と感情は別ものだ。

惣一郎も同じ熱さの視線を返す。

『ダメってことはないだろ？』

二人は長いこと見つめ合っていた――身動ぎもせずに見つめ合い、呼吸を忘れそうになり、そしてほぼ同時にやるせない思いで溜息を吐いた。

惣一郎が言った。

「寝よう、もうだいぶ夜も更けた」

惣一郎がごろりとベッドに横になると、文弥もそれに倣《なら》った。

やがて惣一郎は規則正しい寝息を立て始めたが、感情を面に顕《あら》わした文弥はすっかり目が冴えてしまった。

本当に語るべきことを文弥は惣一郎に言っていない。

学院に入学する前年、文弥の身になにが起こったのか……。

それは大好きだった義姉の失恋から始まった。姉は文弥に嫉妬し、憎み…――しかし、気位の高さからそれを一切認めようとはしなかった。

養父母は……養父は青春時代にはよくあることだと片付けようとし、養母は実の娘可愛さに一時は文弥をひどく責め立てた。

『恩知らず！』

養母の鋭い声が今も耳の奥に残っている。

文弥は実母の元へ身を寄せた。自棄《やけ》になって酒を飲み、実母の芸者仲間に一方的に慰められた。童貞は奪われる形で失われた。

実母はそれを非難した。

『なんのためにお前を小堀に養子にやったと思っているのさ？　まともな教育を受けて、立派な旦那衆になるために決まってる。自分の金もないくせに遊ぼうなんて百年早い』

置屋の用心棒に担がれるようにして、小堀の家に送り届けられた。

文弥は神経を病み、胃に出来た潰瘍のために血を吐いた。

静養のために文弥が部屋に籠もっていた間、早くも義姉は失恋から立ち直り、新たに想うようになった相手との交際を始めていた。

義姉は文弥に言った。

『わたくしの恋人を今度は盗らないでね。相変わらずあなたのことは可愛いけれど、わたくしにも我慢出来かねることはあるのよ』

文弥は言い返さなかった——文弥を踏みにじった男は義姉の恋人どころか、義姉を好いてもいなかった。文弥にしても、その男を欲しいと思ったことはない。

義姉の新たな恋人には嫌悪しかなかった。文弥を助けず、隣室にいて、文弥が陵辱されるさまに耳を澄ましていたのである。小心で卑怯な男だと思った。彼は義姉の失恋を待ち望み、なにがあったかを大々的に公表してのけた。そんな男とどうして一つ屋根の下に暮らしていけるだろう。

ただ小堀の家から出るのを目的に、文弥は実母が勧めてきた桜濤学院に入学することに決めた——今にして思えば、赤松伯爵との繋がりだったのだろう。惣一郎と文弥が同室になったのは、決して故なきことではなかったのである。

養父母は文弥が床を離れたのを良しとし、喜んで静岡へと送り出してくれた。

養母は言った。

『晋太郎《しんたろう》さんがお医者になって家を継いでくれるそうだから、お前はもう遠慮なく好きなことをしていいんだよ』

可愛がって育てた養子を義務から解放してやれて、養母には喜ばしいことに思えたのかもしれない。

そして、正月に文弥が帰省したときには、かの卑怯者が文弥の席だったところに当然の顔で座っていたのだった……——。

文弥は最初はベッドに横たわり、次には膝を抱えて物思いに耽っていたが、鬱々として
いく自分に気づくと、その重苦しい卑屈な気分を振り切ろうと部屋を出た。
長い廊下を歩き、階段を下りて、夏の虫が鳴く裏庭へ。
夜空には煌々《こうこう》と輝く半円の月があった。
数日前の戦場はまだ草に覆われるほどの時間を経ずに、雑草は踏みつけられて倒れ、ま
だらに土が剝き出しになったままの惨憺《さんたん》たる有様だ。
置き去りにされたリヤカーや、武器にした箒《ほうき》や傘なども転がっている。
盛り上がったストームを思うと、少し笑いたい気持ちになれた。
(……可動式のバリケードは良案だったかも)
図案化して示したのは文弥だが、その意図を惣一郎が理解してくれなければ実現はしな
かった。
そして、惣一郎は賢いだけでなく、寮生たちを率いるだけのカリスマ性を持ち合わせて
いた。
東寮は大勝利を収め、仲間たちと肩を組み、文弥も一緒に雄叫びを上げた。
あれほど気持ちが高揚したのは初めてだったし、それを他人と分かち合ったのも初めて
だった——ああ、分かち合えるものなのだ。
(ここに入学して良かったな……ストーム、またやりたい)

文弥は足元に落ちていた竹刀を取り上げ、惣一郎の真似のつもりで素振りを始めた。左足を前に二歩進み、振り上げ、下がっては二歩進み、振り上げ……——。

(今度は僕も積極的に戦うぞ)

王子を守る家来なら、王子を先に行かせんがために華々しく散るものだ。

二方向から敵が走ってくるのを想定し、文弥はいつか見た大衆演劇の剣客の動きを思い出しながら立ち回りを演じてみた。

(相手の剣を小手で払い、足でもう一人を回りながら蹴りつけ……そして、正面から剣を振り上げるっ)

斬ったのは空だったはずなのに手応えを感じたが、そこで手を止めはしなかった。血を吸った剣を一振りする動作をし、鞘《さや》に収めるまでをやってのけた。

「いいぞ、見事だ!」

パンパンパン…と拍手され、文弥は背後に惣一郎がいるのを見た。

(ぐっすり寝ていたはずなのに……)

自分で思うよりも物音を出してしまっているのだろうか。

惣一郎は眠りが浅いのか、文弥がベッドを抜け出すのに気がつくことが少なくない。こんなふうに探しに来てくれたことも一度や二度ではなかった。

「夜中の一人遊びは楽しいか? チャンバラなら、付き合うぞ」

月光を背にした惣一郎の姿が活動写真のポスターのようで、文弥は思わずごくりと生唾を飲んだ。

「それなら……あ、あなたが武蔵で…僕が、小次郎《こじろう》」

「お前、負けるぞ？」

「構いません」

惣一郎は地面に転がっていた箒を拾った。

「いやぁあああ」

文弥が切り込んでいく。

やり合うこと数十分で、もう文弥の息は切れてしまった。

「こ…降参です」

言って、竹刀を取り落とした。

汚れるのも構わず、剝き出しの地面に座り込む。

惣一郎は文弥の前に仁王立ちした。

「……やわだな、お前は」

「ぶ…武士に…なれない、です」

「なれなくていいよ」

ほら、と惣一郎が差し出した手に、文弥はやはり躊躇ってしまう。

「ほら」

もう一度促され、文弥はそっと手を滑らせた。

惣一郎が文弥を引き上げる。不安のない浮遊感が快かった。

観念して、文弥は言った——もう誤魔化《ごまか》せない。

「……僕は、あなたが好き…です」

「そうか」

惣一郎がにやりとした。

「これって、恋…でしょうか」

「はっきりさせる必要が？　ずっと後になってから分かることかもしれないぜ」

惣一郎は文弥を胸に引き寄せようとした。

しかし、文弥は両手を突っ張らせ、抱擁させまいとする。

「どうした？」

「プ…プラトニックじゃ、い、いけませ…か？」

「可愛いことを言うんだな」

「こ、怖い…んです」

文弥は惣一郎の視線を避け、深く俯く。

「オレが？」

惣一郎は文弥のつむじに向かって尋ねた。

「怖い…のは、あなたじゃ…ない。ま、前の…こと、が――」

「け、軽蔑…される、から」

「話せよ」

文弥はいやいやと首を横に振った。

惣一郎は猶《なお》も言う。

「話せ」

それは、命令だった――王子が家来に下す絶対の。

「ぼ…僕、男に…抱かれたことが、あ…あります。あ…相手は、義姉さんの想い人で…無理矢理に――」

「ああ」

「……あんなことは、もう…二度と…――」

「酷い目に合ったわけだな?」

文弥は頷いた。

「い…いい人だと思ってた、です。あ、兄のように慕い、勉強を習ったりしていたから……だから、裏切られた…き、気持ちで……いっぱいだった」

「身も心も傷ついたか」

惣一郎は再び文弥に腕を回した。引き寄せはせず、ただ腕の輪で文弥を囲った。その輪の中で、文弥はすがるような目をして惣一郎を見上げた。告白を続ける――全部、全部言ってしまおう、と。

「じょ…女性との経験も、あまり良い思い出では……。ああ、どうして――どうして…人は、あんなことをしなければならないんでしょう」

「子孫繁栄のためだろうな」

そう真面目に答えた後で、不意に惣一郎は肩を震わせた。

くっくと笑い出した彼に文弥は唖然とする。一体なにが可笑しいのか。

笑いながら、惣一郎は言った。

「もう人類は地球上に溢れきっていないか？　どこへ行こうと人と擦れ違わないことはない。だから、全ての人間が子を残すための性交をしなくてもいい。限りある資源のことを考えれば、むしろ子を増やすのは控えねば…――この理屈でいけば、男同士で抱き合っても構わないということになってしまうな」

「………」

「子を為す・為さないは別の話だ。相手を好きなら、抱き合いたくなるのは自然なことだろ。さあ、どうする？　逃げたければ、逃げればいい。屈めばここから出られるぞ」

「に、逃げ…ます」

口ではそう言ったが、文弥は動かなかった。

ゆっくりと惣一郎は腕を狭めながら、そんな文弥にそっと口づけした。

「接吻は構わないだろう？　オレにとっては挨拶だ」

「え…えるんすと…さん、ど…どうして僕を？」

文弥は惣一郎を見上げたが、もはや近すぎて上下する喉仏と角い顎しか見えない。

「ぼ、僕は、内向的で小心で……父親の分からない、ふしだらな芸者の私生児…です」

「お前、オレをきれいだと言ったのを覚えているか？」

「は…はい」

「お前を気に入ったのはそのセリフだな。お前は自分を臆病だと言うけれど、世間に流布する偏見に惑わされず、もっぱら自分の感性で物事を判断するのは、実は勇気がなきゃ出来ないことだ。それはお前の美点だと思う。まあ、時には欠点にもなるがな。そして、この国では滅多にいない美少年のお前が、オレをきれいだと言ったのがまた愉快だったんだ。オレはともかく、他の男たちがお前に夢中になるのに理由はいらないほどだからな」

「あ…あなたはともかく？」

「オレはお前の内面を好いていると言いたいんだよ。その方が知的だからな。けれど、お前の外見が魅力的だということは否定しない」

「ぼ、僕は…自分の見かけが、あまり…好きじゃないです。不美人な義姉に、ひ、ひがまれてしまって……でも、あ…あなたに気に入って貰えたのなら、よ、喜ばないと…──」

文弥は小刻みに震えながら──それは緊張と、まだ少しは残っている嫌悪による震えだったが、自分からおずおずと惣一郎の胸に顔を寄せていった。

すかさず惣一郎は腕に力を込めた。

「逃げる気はなくしたのか？」

「も…もとから、な、なかったの…かもしれません」

荒れた裏庭で抱き合う二人を見ていたのは、青く輝く半円の月だけだった。

（摑まえたぞ！）

惣一郎は、腕の中に誰かがいる充足感を味わった──孤独に馴れ、乾いた心がしっとりと潤う。

文弥は自分よりも大きな身体に包まれる安心感を知り、最後の嫌悪感を追い出すのに成功した。身体の震えが治まるまで、後はもういくらもかからない。

*

寮で一週間ほど過ごし、課題を八割方仕上げてから、二人は長野県はYヶ岳の山荘に向かった。惣一郎の祖父母に仕えたかつての女中頭が、管理人としてそこにいる。

赤松伯爵家が避暑や療養のために所有している屋敷の一つだ。

山荘と呼ばれてはいるものの、玄関ポーチや広いバルコニーを配した地上二階建ての西洋建築で、二階には七つの寝室、一階にはメイン・ダイニングの他に宴会場とビリヤードの遊技場、さらに地下には温泉を引いた浴室がある。

女中頭だった安西《あんざい》ハツセは常駐だったが、この広い屋敷をたった一人で維持するのは不可能だ。庭師を兼ねた馬丁《ばてい》と台所仕事をするその妻が、彼女とともに住み込んでいた。滞在者が大勢来るとなれば、さらに村から数人が雇われることも。

高原の駅に到着したときから、文弥は過ごしやすさを肌で感じた。気温は高すぎず、太平洋に面した静岡のような湿気がないのがいい。

すぐに馬丁が二人を見つけた。

「若様方、ようこそお越し下さった。馬車はこちらですぞ」

文弥にとって箱馬車は初めてだった。

うねうねと曲がりくねり、凹凸の多い山道では、座席のスプリングが弾み過ぎてしまう。狼狽える文弥を見て、惣一郎が可笑しそうに笑った。

「ごらん、あれが有名なA岳だ。あっちがDヶ岳。オレたちが登れるのは、あのK山クラスだろうな」

「池がありますね」

「釣りが出来そうだな」

「あの小さい花、初めて見ます」

「こういう高地だけに見られる花があるんだよ」

玄関ステップの下で、ハツセは今か今かと二人の到着を待ちわびていた。

「若様！」

伯爵家に五十年務めたハツセは品のいい老婦人だ。白髪を乱れなく結い上げ、上等の絽《ろ》の着物に麻の名古屋帯《なごやおび》を合わせている。

「久しぶりだね、ハツセ。元気そうだな」

「若様こそ」

「こちらが学校の後輩で、同室の小堀文弥だよ」

「お‥お世話になります」

文弥はぺこりと頭を下げた。

「まぁまぁ、きれいな坊ちゃまでいらっしゃいますね。寮の後輩をお連れになるとおっしゃるから、どんなバンカラ学生が来られるのかと思っていましたよ」

「文弥は剣道部じゃないんだ。短歌を作り、絵を描くよ」

「それはそれは」

「お前の使命は、文弥を太らせ、顔色を良くしてやることだ」

「お任せくださいまし」

山荘での生活が始まった。

寮のように食事や入浴で時間が区切られることはなかったが、概《おおむ》ね早く起床し、夜は早めに床に就《つ》いた。

山に登り、川で泳ぐ。

乗馬、釣り、山菜採り……二人は山の生活を大いに楽しんだ。

山道では村人と擦れ違うことも多かった。

惣一郎の少年時代を知る年配者たちは、最初こそ「山荘の若様」の成長した姿に驚いたものの、次に顔を合わせたときには人懐っこく話しかけてきた。

「イノシシが捕れたから、管理人さまのところに後でお届けしますぞ。若様方、イノシシ鍋は美味いですよ。食ったことはありますかいね？」

「風が匂ってきたから、直に雨が降ります。お気をつけくだせえ」

「この池にまつわる昔話は知っとりますか？　よかったら、オレが話しますけど……」

そして、手作りの佃煮《つくだに》や漬け物、お焼きなどをその場で勧めてくるのだった。

若者たちのほうは、最初こそ惣一郎の日本人離れした外見を珍しげにじろじろ見るか目を背けるかしていたが、惣一郎と文弥が自分たちと同じように笑い、ふざける様子を遠巻きに眺めるうち、だんだん態度が軟化してきた。

釣った魚をその場で料理するのに戸惑っていると、見かねて手伝ってくれたこともあった。案内を兼ねて、山登りに同行してやると言ってくる者も。

雨で出かけられない日も退屈はしなかった。それぞれ読書をするなどし、飽きれば囲碁やチェス、ビリヤードなどに興じた。

チェスやビリヤードは惣一郎の手ほどきを受けた文弥だが、囲碁《いご》のほうは負けなかった。ハンデとして惣一郎があらかじめいくつか石を置いたところで、しばらくすれば必ず優勢に転じた。

「ちょ…待った！」

「二回目ですけど」

「いいだろ、別に。遊びなんだから」

「ゆっくり…お考え下さい。ぼ…僕、ちょっとお…お茶を貰ってきますから」

「ついでに、ハツセになにか摘むものをねだっておいで」

文弥は台所へ行き、ハツセに茶と菓子が欲しいと伝えた。

「はいはい」

機嫌良く、彼女はそれらを用意してくれた。

「文弥様がご一緒で良かったですわ。いつも若様はわたしに顔をお見せになるだけ、ほんの二、三日しか滞在して下さらなかったんですよ。ここの生活は退屈ですからね」

「た、楽しいから、絶対に行こうって誘われたんですが……」

「若様は、文弥様がお気に入りなんですのね」

しみじみと言われ、文弥は思わず赤面してしまった。

しかし、ハツセはそれに気づかずに続けた。

「若様はお小さい頃から賢くていらっしゃいますが、継母様をはじめとするご親戚の方々に疎まれ、お心安くご成長されたわけではございません。そのせいで気難しいところがお有りですから、ご同室になった当初は文弥様もお辛い思いをされたのでは？」

「い、いえ、そ…そんな。先輩は、さ…最初からずっと優しかったですよ」

嘘ではない。同室になってしばらく二人は王子と家来のような関係だったが、文弥が惣一郎の要求をつらいと思ったことは一度もなかった。

失敗を叱るにしても、惣一郎は文弥の心まで傷つけるような言い方はしなかった。

「せ、先輩は、みんなから慕われています。だ…誰にでも平等で、理不尽な命令とか…ありませんから」

「基本的に、若様は何でもご自分でなさいます。その点では華族のご子息らしくはないかもしれません。大殿様は賢い若様をお気に入りでしたが、実は伯爵家を継がれない場合も想定しておられましてね」

「ご…ご長男なのに？　こ、混血…だからですか？　そんなに…髪や目の色が違うのは、問題なんでしょうか」

「御髪や目の色のせいというわけでは……まあ、それが問題を目に見える形にしてしまっているのですが」

分からないと首を傾げる文弥に、伯爵家の元女中頭は丁寧に説明してくれた。

「若様には後ろ盾がございません。例えば、お父様が早くに亡くなられた場合は、お母様とそのご親戚が頼りということになります。でも、若様のお母様はすでに亡くなられておられますし、お母様は立派な家柄のお生まれと伺っておりますけれど、この国にご親戚はいらっしゃいませんよね。幸い、お父様の伯爵様はまだまだお元気でいらっしゃいますが、もし急なご不幸などで今すぐ若様が家督を継ぐことになった場合、継母様のご協力が期待出来ないとなれば、お若い身空でお一人で全てを背負わなければならなくなるでしょう。そのせいでお家が潰れることになってはいけないから、ご親戚の多くが若様を跡取りとは認めておられないのです」

「そ…そう、ですか」

「若様は心細い身の上なのですよ」

でもね、とハッセは続けた。

「後ろ盾となってくれるご親戚はなくても、助けて下さるお友だちがいらっしゃるならいいと思うのです」

「あ…赤松先輩のお友だち…というと、ご同級の剣道部員には子爵家の三条具善《さんじょうともよし》さん…それから、志田興産《しだこうさん》のご次男が…いらっしゃいますね。みなさん、先輩のお力になってくださるでしょう。そ、それから、僕の同級にも…――」

並べ立てる文弥を遮り、ハツセは言った。

「わたしが言う助けてくれるお友だちとは、文弥様のことでございますよ」

「え、僕?」

「信頼出来るお友だちが一人お近くにいてくださるなら、もともと何でもお上手になさる若様のこと、安心してご精進《しょうじん》なさいますでしょう。わたくしには分かります」

「……ぼ、僕は、何も出来ない…ですよ?」

「側にいて差し上げればいいんですよ。口出しはかえってご無用でしょう。あなた様は季節の和歌でもお詠みになればよろしいのです。さ、これをお持ちになって」

「あ…はい」

茶と菓子が盛りつけられた盆を持たされた。

盆を手に戻ったとき、文弥は狐につままれたような顔をしていたかもしれない。碁盤から顔を上げ、揚げ饅頭に手を伸ばした惣一郎が指摘した。

「文弥、どうした? お前、昼間から幽霊でも見たような顔をしているが」

「ハ、ハツセさんが…言うんですよ――僕が、あなたの支えになる…って。ぼ…僕なんか、あなたの為に、なんにも出来ないのに……。側にいて、ただ呑気に短歌でも作っていればいいそうです」

「ははん、ハッセの予言だな」

饅頭にかぶりつきながら、惣一郎は笑った。

「彼女はなかなか鋭いよ。下働きから女中頭にまで成り上がっただけのことはあるのさ」

「僕…あなたの支えになれるように、頑張らないといけない…ですね。お、お医者になれればいいんですけど……今のままじゃ、友人として釣り合わない…かも」

「頑張らなくていいよ、お前はそのままで。短歌でも作っていればいい」

「でも、そんなんじゃ、ダメ…でしょ」

文弥はお茶を啜りながら、碁盤に目を向ける。

ざっと見て、指摘した。

「こことここ、さっきと…違いますね。え…えるんすとさん、じ…自分に有利なように石を置き換えたんじゃ…ありませんか？　ずるをしちゃ、ダメ…ですよ」

「え、分かった？　すごい記憶力だな」

「あ…あなたが、こんな小狡い細工をする人だって…知ったら、剣道部の後輩たちが泣きますよ」

「なに、お前と家来ごっこをしてるうちに、あいつらの尊敬はとっくに失ったさ」

「そうでも…ない、ですよ。ストームの後は、やっぱり赤松先輩はすごいって…興奮してましたもん、彼ら。こ…後輩を失望させるような、ずるをしては…い、いけませんよね」

「いいだろ、遊びなんだし。オレもたまには勝ちたいんだよ」

子供のような惣一郎の言い草に、文弥はくすくすと笑った。

「じゃ、いいですよ。こ…このまま、手合せを続けましょう。僕、五目半以上の差をつけて、あなたに…勝ちますから」

「おっ、言ったな！」

惣一郎が長考に入るたびに、文弥は庭木を撓ませるほど降っている雨を眺めた。

秋冬の雨は冷たくて好ましく思われることは少ないが、夏の雨はいつも悪くない。古くは万葉集や古今集に収められた、雨にまつわる和歌がいくつもいくつも頭に浮かんでくる。

うちの一首を文弥は口に出した。

「『雷神《なるかみ》の少し響《とよ》みてさし曇り雨も降らぬかきみを留めむ』」

「万葉集だな」

惣一郎にも覚えがあった。

「柿本人麻呂《かきのもとのひとまろ》だろ？　もういっぺん言ってみてくれ」

文弥はもう一度詠んでから、簡単に解説した。

「あ…雨宿りの歌です。雨が降り出したら、お前を引き留められるのに…って、足止めを食うのを願って…――」

「なるほどな。オレとしては、雨が降り止みそうだから散歩に行こうとお前を誘い、この手合わせを終わらせたいところだが。……どうだ、この手は？」

パチッと音を立てて、惣一郎が盤に石を置いた。

「わ、悪くない…です」

しかし、すぐに文弥は反撃の手を打った――パチと石を置いた音は小さくも、この一手の威力には自信があった。

「む、む」

惣一郎が唸る。

「へ…返歌がありますよ。ご存じでしょうか。『雷神の少し響みて降らずともわれは留らむ妹し留めば』。……こ、このまま雨が降らなくても、き…きみが帰るなと言うなら帰らないよ、と――ぼ…僕、この問答歌《もんどうか》…とても好きです」

「――…投了だ」

惣一郎は降参した。

「クソ、碁ではお前に勝てないな」

「碁…だけですよ」

文弥が先に宣言した通りに、ざっと見るだけでも五目半以上の差がついていた。

「あぁ、頭が疲れた。雨はまだ降り止まないが、オレは散歩に行こうとお前を誘うよ。一本の傘に二人で入れば、雨足が強くても話は出来るだろう」

「ふ…降っても、降らなくても…ですね」

石を碁笥《ごけ》に片付けながら、文弥は窓の向こうに目を遣った――少しの間に雨足は弱まり、空が明るくなってきた。

「も、もう止みそう…です、ね」

「なんだ、もう止むか。オレとしては、一本の傘に二人で入って行くのが楽しそうだったんだがなあ」

「で…でも、あ、雨が止めば、に…虹が見られるかも」

「虹か。それはいいな」

そして、二人は雨上がりのぬかるみの道を並んで歩き出した。

雲間から顔を出した太陽が彼らを見下ろす。

いつもより強い草の匂いを嗅ぎながら、惣一郎は呑気そうに口笛を吹いた。


盆も間近というある日、女学生四人が山荘を訪れた。ふもとの女学校に通う村長の娘とその友人たちである。

夏休みの宿題に洋館を描かせて欲しいとの村長からの申し入れだったが、実は、若い男たちにまるっきり女っ気がないのは宜しくないだろうと馬丁夫婦が気を利かせたのだ。

数えで十七か十八になる女学生たちはおずおずと惣一郎に挨拶した。

「お屋敷を絵に描くのをお許し下さり、ありがとうございます」

お下げ髪に色とりどりのリボンをつけた、写生をするにしては上等すぎる着物に身を包んだ娘たちは、この年頃の甘い雰囲気をそれぞれに漂わせていた。

「この度はオレたち二人しか来ていないから、ゆっくりして行きたまえ」

惣一郎が言うのに、憧れの目で問いかけてくる。

「あの…お二人は静岡の桜濤学院にお通いだとか？」

「そうだよ。オレが三年で、こっちが二年なんだ。あぁ、そうだ。文弥は絵が得意だよ。よかったら手伝ってもらうといい。いいよな、文弥」

「ぼ…僕でよければ」

女学生たちに対し、二人はごく紳士的に接した。

全く人付き合いが得意でない文弥だが、惣一郎のフォローがあるせいか、田舎ののんびりとした空気に緊張を解かれてか、彼女たちと話すことをそう苦痛には思わなかった。惣一郎にうっとりとした目を向ける女学生たちは、少し前の義姉の姿と重なって見えた。

文弥が彼女たちの絵に手を加えている間、惣一郎は蓄音機を回して音楽を流し、手ずから紅茶やクッキーを差し入れた。

最初は慎ましかった娘たちだが、箸《はし》が転がっても可笑しがるような年頃だ、時間が経つうちにだいぶ馴れ馴れしくなってきた。

村長の娘である雪子《ゆきこ》が一番積極的だった。

雪子はさして美しい娘ではないが、甘い声でしきりに惣一郎に話しかける。そして、惣一郎が話す一々に頷き、瞳をきらきらと輝かせた。

常識的にみれば、伯爵家に村長の娘が嫁ぐなどというのは有り得ないことだが、雪子は有り得ない夢に酔う年頃だ。

しばらくするうち、文弥の胸はちりちりとしてきた。

(雪子さんって……図々しい、かも)

身分違いを咎め立てする気はないものの、好意の示し方が露骨だと思う。ただ年頃の女子というだけで、惣一郎に近づいていいと思っている厚かましさが愉快ではない。まんざらでもないのか、惣一郎が娘を感心させるような話ばかりするのもどうなのか。

(……ああ、これは嫉妬だな)

結局のところ、文弥が最も嫌悪したのは自分自身だった。

女学生たちの滞在は四時間ほどだったろうか。それなりに絵は仕上がって、ご機嫌な様子で帰って行くのを二人で見送った。

「気に入った娘はいましたかね？」

馬丁に聞かれ、惣一郎は曖昧《あいまい》な返事をした――素朴でいいね、と。

「村長んとこの嬢ちゃんは、来年は隣町の米問屋のバカ息子のところに嫁に行くんですよ。若様と駆け落ち出来ればいいな、なんて考えたかもしれませんな」

「バカ息子っていうのは本当なのかい？」

「バカもバカですよ。赤線で毎晩どんちゃん騒ぎして、せっかく入った甲府《こうふ》の高校を追い出されたって話ですからね。その後は、何年も家でなにもせずにぶらぶらと……――」

「結婚すれば、きりっとするかもしれないぞ。子供が出来て変わる男もいるものだ」

「誰もがそれを望んでますよ」

その雪子の推《お》しがあったらしく、惣一郎と文弥は村の夏祭りに誘われた。

通常、地元の者以外に祭りの参加は許可されない。二週間以上滞在し、毎日のように散策に出ていたせいで、二人はこの村の人々の間ですっかりお馴染みの若い衆だった。

ここの夏祭りは、はるか昔、龍神池《りゅうじんいけ》が干上がったときの雨乞いを起源とする。神社には雨雲をもたらした木彫りの龍神が収められている。祭りとなると、龍神はこっそり人に化け、酒や馳走に舌鼓を打ち、女や子供たちと戯れるという。

昼間は子供御輿《みこし》と大人御輿が村中を練り歩き、夕方からは能楽者が舞うのを鑑賞しつつ、境内にずらりと並んだ屋台を楽しむ。

そして、幼い子供たちを寝かしつけてから、近隣の村から十代半ばから四十歳くらいまでの有志が集まり、夜が明ける頃まで盆踊りに興ずるのだ。

能と屋台を楽しんで、山荘に一旦戻ってきた二人に、馬丁は雪子から託された面を手渡してきた。

「うちの盆踊りはお面を被ることになっとるんですよ。身分や名前、年齢を隠して、気の合う相手と一夜だけのお楽しみに耽るんです」

「野合《やごう》か？　今だにやっているとはね」

惣一郎はやれやれと首を横に振った。

「なに、祭りのときだけですよ。子のない夫婦に子宝がもたらされたりして、そう悪い習慣でもないんですよ。なんもかも忘れて、若様も坊ちゃまも大いに楽しまれるといい」

野合とはなんのことかと文弥が思っていると、惣一郎に面の一つを手渡された。惣一郎は赤鬼を取り、文弥には青鬼だ。

「これを…被って、お、踊るんですか？　だ…誰が誰だか、分からなくなりますが……」

惣一郎は説明しなかった。

「行けば分かる。何があったとしても、一晩限りのことさ」

夜が更けて、惣一郎と文弥は面を被って出掛けた。

踊りはもう始まっていた。

大きな篝火《かがりび》の周りを三十…いや、四十人以上のいろいろな鬼の面を被った村人たちが踊っていた――いや、全てが人間だろうか。それすらも分からない。

知らない踊りだったが、単純な動きの繰り返しなので、輪の中に入って一巡二巡するうちには覚えてしまえた。

踊りの輪の中で回っているのは人だけではない。酒瓶や升《ます》に入った豆菓子も回っていた。一口飲み食いしたら次の人に渡すというのが繰り返される。

「文弥、飲み過ぎるなよ」

白い濁り酒の入った酒瓶を手渡しながら、惣一郎が言ったのは今だったのか、それともずっと前だったのか――飲みながらの踊りで酩酊《めいてい》しかけた文弥にはもう分からない。

前後に並んで踊っていたはずだったが、気がついたとき、惣一郎はかなり前方にいた。いや、あれは惣一郎だろうか。背格好と着物の色は似ている。しかし、篝火のせいで全員の髪色が明るく、惣一郎だと見定めることは出来かねた。

背の低い黄色い鬼に袖を引かれた。

「行こうよ、あたしと行こう？」

女の声が誘ってくるのを断った。

またしばらくして、別の鬼に誘われた。

「ねえ、わたしと一晩楽しもうよ」

だんだんと文弥にもこれがどういう祭りなのか分かってきた。

野合というのは、闇に紛れ、林の中で見知らぬ男女が睦み合うことなのだ。匿名で行われる一夜限りの情事である。

次に誘ってきたのは男の鬼だった。

「ぼ…僕、男ですっ」

ぞわ、と鳥肌が立った。

「なに、構わねえさ。肌を合わせるのに男も女も関係ねえ。とっくと可愛がってやるよ」

「や…いやです、いや！」

どうにか振り切って、踊りの輪から出た。

文弥は桜の大木の後ろに隠れ、面を外し、惣一郎を捜した。

（か…帰るって、言わなきゃ）

惣一郎は踊りの輪の中にはもういなかった。

着物の柄を頼りに、赤鬼の面を探す。

果たして、惣一郎は踊りの輪の向こう――ちょうど文弥がいる場所の反対側にいて、石《いし》灯籠《どうろう》に寄り掛かっていた。手に酒の入った徳利《とっくり》をぶら下げて。

そんな惣一郎に絡みつく鬼が二人。

女たちだ。

一人は肉づきの良い身体で、積極的に胸を惣一郎に擦りつけている。もう一人はぱっと鮮やかな牡丹柄《ぼたんがら》の浴衣からして若い娘と見られるが、負けじと惣一郎の腕を自分の方へと引っ張っていた。

(牡丹柄は雪子さん、だ)

そう直感した。

(……惣一郎さん、どうするんだろう)

二人をいっぺんに相手にするのか、それとも一人を選ぶのか。どちらにしても、文弥の心は穏やかというわけにはいかない。

(僕を好きだと言ったくせに……！)

もちろん、男を抱くよりは女を抱くほうが自然というのは分かっている。

文弥にしても、男に抱かれるより女に抱かれ……――そう、女を抱いたのではない、文弥は女に抱かれたのだ。どちらもいい思い出ではなかったが、痛みがなかったという点では相手が女のほうがまだましだった。

面を被ったままなので、惣一郎の目がどちらに向けられているのかは分からない。

(……これはお祭りだ、一晩だけの)

文弥は動揺すまいと自分に言い聞かせる。

肉づきの良い女が惣一郎の襟の合わせに手を入れた――と、惣一郎は酒を女の着物に引っかけた上で振り払い、一歩二歩と前へ進んだ。

雪子のほうは振り払わなかった。

雪子は面をずらし、惣一郎に素顔を見せた。

惣一郎は雪子の肩を軽く叩いて、そっと後ろへと押しやった。袖にされた娘は、それでも簡単には引かず、泣き顔で惣一郎の袖を握り締めた。

今一度惣一郎は彼女を振り返った。

二人は一言二言交わしたようだった。

惣一郎は面を少しだけずらして彼女に屈み込み、その頬にそっと口づけた。

「……あぁ」

文弥は呻いたが、喧噪《けんそう》の向こうにいる惣一郎に聞こえるわけもない。もうこれ以上二人を見ていたくはなかったが、目を逸らすことも出来なかった。

しかし、惣一郎はそれ以上のことはなにもしなかった。

彼は雪子に背を向け、大股でその場を歩み去った。ぐるりと踊りの輪の外側を歩き、文弥のほうへと近づいてくる。

(あ、赤い鬼が…来る)

やってくるのは本当に惣一郎なのだろうか。文弥は逃げたいと思ったが、縫い止められたかのように動けない。

ようやっと文弥のところに辿り着くと、惣一郎は被っていた面をむしり取り、とっくりと共に地面へ荒っぽく投げ捨てた。

これ以上ないほど整ったその顔が表れたのに、文弥はホッと息を吐いた。

「お前、見てたな？」

惣一郎は顎をしゃくり、にこりともせずに言った。

「オレがあの娘とどうかなっても、お前は黙っていたんだろうな」

「……お、お祭り…ですから」

文弥の答えに、惣一郎はやるせないといった顔つきをした。

「オレはもう帰るよ。お前は祭りを楽しめばいい」

一緒に帰ろうとは言われなかった。

（こんな祭り、僕には無理なのに……）

仮面を被った誰かと一夜を過ごすなんて考えられない。たとえそれが神を嘉することを意味するのだとしても、文弥に出来ることではなかった。悲しさと悔しさ、憤りと切なさが頭の中でまぜこぜになり、どうしたらいいか分からずに文弥は唇を震わせた。

惣一郎は振り返らず、大股ですたすたと歩いて行ってしまう。

「置いていかれたの？」

誰かがそんな文弥を見つける。

「捨てる神あれば、拾う神ありよ。どう？」

「す…捨てられてないっ！」

文弥は誘ってきた者を振り切って駆け出した。

惣一郎の足は早く、追いかけるには途中で下駄を脱ぎ捨てなければならなかった。

ようやく追い着いたのは、神社からだいぶ離れたところだった。祭りの篝火や喧噪はもはや遠く、山荘への林の夜道はあくまでも暗く静まり返っていた。

「え…えるんすとさん、待って……待ってください」

肩で息をしつつ呼びかけると、惣一郎は振り向いた。

「祭りは？」

文弥は頭を振った。

「ぼ…僕には、か、関係ない、変なお祭り…です」

「誘われただろ？」

「あ、あなた…だって、誘われてた——ゆ…雪子さんに。か、彼女は、あなたと過ごしたかったはずだけど……」

「あの娘は真剣すぎる」

「し…真剣じゃないほうも、そ、袖に…したでしょう？」

「あっちは好みから遠すぎた」

「好み…だったら？」

文弥の問いに惣一郎は答えなかった。

答える代わりに、問いで返した。

「オレが女を抱くのは当然か？　お前は嫌だと思わないのか？」

「………」

文弥は言葉を飲み込んでしまう。

しかし、俯かずに惣一郎をまっすぐに見上げた。すぐに視界はぼやぼやと霞み、頬に涙が伝ってきた。

「ヤ…ヤキモチ、なんて……そ、そんな権利、僕にはないもの」

「あるだろ」

ぶっきらぼうに惣一郎は言った。

「好きだって言い合ったんだ」

「プ、プラトニックがいいって、ぼ…僕が――」

「そうだったな」

「あ…んなお祭りだって、先に、し、知っていたら、行かなかった…と思います。びっくり…したし、こ…こわかった」

惣一郎は文弥を痛ましげに見下ろした。

「……オレはお前を試したのかもしれない」

その表情だけで謝っているとも取れたが、文弥は言った。

「ご、ごめんって――い…言って、ください」

「ごめん」

伯爵令息は潔く頭を下げた。

「だけど、オレも思い知ったよ。今のオレは女はダメだ、しっくりこない。祭りの間、ずっとお前を気にしていたよ。だから、許せ。な？」

文弥はこくりと頷いた。

惣一郎はそんな文弥を抱き寄せ――その身体は警戒しているかのように硬くなったが、構わず、そのつむじに鼻先を埋めた。

「お前が好きだ」

「………」

「はっきりと抱きたいと思ってる」

ぎこちなく文弥が顔を上げた。

「怖い…んです」

「わかってる。怖いなら、なにもしない。ただ、こうしているだけでも、結構オレは満足だよ」

「でも、口づけを……」

「口づけはいいのか？」

惣一郎が文弥を抱いている腕を緩めた。

微笑んで、そっと文弥の赤い唇に自分のそれを押し当てにいく。そっと、そっと……。

（あぁ……胸が、なんか…痛い、や）

惣一郎が近すぎて、眩しくて目を開けていられない。


二度目は深く重ねた。

惣一郎は舌先を忍び込ませ、文弥の柔らかい舌を探った。

「あ…ふ、ふぅ」

引いて、同時に息を吸う。

三度目はもっと…──唾液でびっしょりになるまで唇を貪り、舌を深く差し入れた。戸惑っていた文弥がおずおずと応え始めると、惣一郎の呼吸は興奮に荒くなった。

文弥が愛おしくて堪らない。

ようやっと唇を放したとき、月明かりにも文弥は耳まで赤くなっていた。ほんのりと桜色に染まった目元は、目尻に紅を差した舞妓の化粧を思わせた。

不意に、お囃子《はやし》の太鼓の音だけが大きく響いた──いや、これは太鼓ではない。

夜空に一瞬の光が走った。

「……雷鳴だな。雨が降るのか」

二人は空を振り仰ぐ。

月が雲の中に隠れ、空が暗くなった途端、急に風が強さを増して草木を荒々しく揺らし始めた。

気温が下がったのを肌に感じた。

ごろごろと雷鳴が再び轟《とどろ》き、稲光が夜空を切り裂く。

雷は急速に移動してきた。

雨が降り出す前に、山荘に辿り着けるかどうかは心許ない。

「ここらへんに薪《まき》小屋があったはずだ」

惣一郎は文弥の手を引いて、林の中に分け入った。

薪小屋はすぐに見つかった。

「あ、あそこに！」

「急ごう」

小屋の戸の前に辿り着いたちょうどそのとき、雨がぽつりぽつりと降り始めた。

お囃子の音がぴたりと消え、二人は少しも楽しめなかった祭りの終わりを知った。

とはいえ、相手を見つけた者たちは、どこかの屋根の下で肌を合わせている頃だろう。

相手が見つからないまま踊っていた者たちは、神社の軒で身を寄せ合っているに違いない。そこで意気投合する男女もいるかもしれない。

「『雷鳴の少し響みてさし曇り雨も降らぬかきみを留めむ』」

文弥が人麻呂を呟いたのに、惣一郎はくっと笑った。

「この雨、案外、龍神の計らいかもな」

「お…お祭りの、お礼…ですかね」

小さな薪小屋は雨宿りに適していた。

冬の備えはまだ行われていなかった。外の棚こそ隙間無く薪が積まれていても、中の棚はほとんど埋まっていない。小屋の中には充分な空間があった。

とりあえず、戸の横に下がっていたランプを小さく灯した。

床に二畳ばかりの筵《むしろ》が敷いてあるのが見えた。そして、隅っこには二つ折りにした敷き布団もあった。

惣一郎が鼻で笑った。

「どうやら誰ぞが逢い引きに使っている小屋らしいな」

惣一郎は先に筵へ腰を下ろし、傍らにくるよう手招いた。

文弥は惣一郎に促されるままに近々と座り、二人は屋根を叩く雨音に耳を澄ました。

雨は恋人たちを閉じ込める。時間の感覚を麻痺させ、世界から彼らだけを切り取る。密かな錯覚をもたらした上で、充分な言い訳をも与えた——すなわち、寒さや心細さだ。結果、なんとなく寄り添うことになり、彼らの距離は一気に縮まるのだ。

二人ともお互いを過剰なほどに意識していた。触れている身体の質感や肌の温かさ、呼吸の確かさ……全てが好ましくて仕方がない。

「え…えるんすと、さん」

「ん？」

「僕たち…抱き合った方がいい…ですよ、ね？」

抱いて下さいでもなく、抱き合いましょうでもない微妙な言い回しに、惣一郎は笑うしかなかった。

「わ…笑わなくても……」

「お前の迷いが見えるから、つい…ね。抱かれるのは怖いけど、気持ちを確認するにはそれしかないと思い詰めてるんじゃないのか？　安心していい、お前が怖がっているうちはオレはなにもしないよ」

「で、でも……恋が行きつく先って…——」

文弥の今にも泣き出しそうな顔を見ながら、惣一郎はあっさりと言った。

「身体を重ねるのが、まぁ普通だろうな」

「あ…あなたが、同時に、ふ、二人の女の人に迫られているのを見て、ぼ…僕は死にたくなりました。僕は、男だから……いとも簡単に、女の人に奪われてしまうんだな、と」

「オレに信用がないのか、お前が自分に自信がなさすぎるのか」

惣一郎はやれやれと笑った。

「だ…だって、時間は、止まることなく…流れていくんです。だ、誰も、今という瞬間に留まってはいられない。こ、心変わり…なんて、よくある話だ。まして、せ…生物の本能として、に、人間にも繁殖すべしと刻み込まれて…いるはずなんです。あ…あなたは、そのうち、家庭を持ちたくなる…かもしれない。い…今、二人が抱き合わなかったら、だ、抱き合わないまま、過ぎてしまうでしょうね……そして、僕は…後悔することに…——」

「後悔しないかもしれないぜ」

一生懸命に想いを口にした文弥を労《ねぎら》い、惣一郎はそのさらさらした黒髪を撫でた。

「抱き合わなかったら、かえって美しい夢のように記憶に残るだろうからな。プラトニックは悪くないぞ」

「そう…でしょうか」

文弥はいやいやと首を横に振る。

「ひ、人を人として…愛した、実感が欲しい…んです。今、お…女の人に、負けたくないって…気持ちもある。僕だって、あなたが…だ、大好きだから。だから…——」

「抱いてくれ、と？」

「ダメ…ですか？」

「こんな場所だぞ」

惣一郎は小屋の中を見回し、感心しないとばかりに首を横に振った。

「どこでもいい…じゃ、ありませんか」

文弥が囁くが、惣一郎はまだ迷っていた。後悔は先にくるのか、後にくるのか——どちらがマシか。

「——ぼ、僕を、やっぱり…抱きたくない、とか？」

辛そうに言葉を絞り出した文弥に、惣一郎の理性はぼろぼろと剝げ落ちた。

(抱きたくないわけ、ないじゃないか。オレの辛抱強さをこけにしてくれるなよ)

惣一郎の声は欲望に掠れた。

「あの祭りで意気投合なら、こんな場所での逢瀬はさもありなんだな。赤松家の嫡男には似つかわしくないが、お前がその気になったのをむざむざ逃そうとは思わないよ」

文弥の細い顎を摑み、上向きにする。

先ほどの口づけで唇は柔らかく熟れ、そこから覗く白い歯とぬらぬら光る舌先がなかなかに扇情的《せんじょう》だ。

唇を重ね合わせ、しっとりと吸う——気持ちは高ぶっていたが、乱暴にはしたくない。

「……っ、ふ」

角度を変えて口づけを繰り返しながら、惣一郎は文弥の髪を撫で、うなじを撫でて、首筋から襟の合わせへと掌を這わせた。

温かくて滑らかな身体だ。もちろん乳房はなかったが、敏感に反応する突起はあった。指先で転がすと、文弥は身体を撓ませた。

「あ、……ぅうん」

顔を覗き込むと、黒目がちな大きな瞳がとろりと潤んできた。

「一応、布団を敷こう。この筵の毛羽立ちはひどすぎる」

惣一郎が動いていこうとするのに、文弥はその手を掴んだ。どこで覚えた手管だろう。徒《あだ》っぽく肩をくねらせつつ、惣一郎の手を自分の足の間へと導いた。

「こ…これ——」

潤んだ瞳がなにを言いたいのか、惣一郎には分かった——自分は男だと、それでも抱く覚悟はあるのかと聞いているのだ。

惣一郎は下帯の上からその形を確かめるように触れ、さらに布をずらして直に握った。掌で馴染ませるように軽く揉《も》む。

「だいぶ硬いな」

指摘した途端、一層硬く張り詰めた。

「ぼ、僕、お…男ですよ」

半分泣いている声だった。

「分かってるさ。一緒に温泉に浸かっただろう？　オレと同じ形の身体だよ。どうすれば気持ちが良くなるか、これのことはちゃんと分かってるさ」

「あ、あなたは……？」

「触りたければ触ってみればいい」

許されて、文弥は遠慮がちに手を伸ばした。神聖なものに触れようとしている、そんな畏怖《いふ》の念を抱くのは、相変わらず惣一郎を王子だと思っているせいだった——自分だけの王子さまだ、と。

浴衣の布の上から触れた。布ごしでも分かる大きさに圧倒され、熱いものに触れて火傷《やけど》しかかったかのように、文弥はすぐに手を放してしまった。

すかさずその手を掴まえ、惣一郎は再度自分に触れさせた。

強く押しつけ、囁く。

「本気だって分かるだろ？」

がく、がくと文弥は頷いた。

「怖くなったか？」

頷きかけたくせに、文弥は自分に強いて激しく首を横に振った。

綻びて綿が飛び出している粗末な布団を下に敷き、二人は上下に重なった。

下になった文弥は全身で惣一郎の重さを受け止めたが、思っていたほどの負担はなかった。腕を回した身体は逞しいが、自分はそれに潰されることはない。

惣一郎は冷静にことを進めるつもりだった。口づけをしながら帯を解き、袖を抜かないままで下帯の紐に取り掛かろう、と。

しかし、白い身体を露わにし、痩せた胸に密かにある小さな桃色の突起を目にしたとき、自分の冷静さが失われていくのを知った。

(なんて…きれいなんだろう。男の身体とは思えない)

文弥の身体が眩しかった。

風呂場や川で見たはずなのに、小さなランプの光の中ではひどく艶めかしく映る。闇に縁取られているせいだろうか……いやいや、自分の心境のせいに違いない。

惣一郎は生唾を飲み込んだ。

彼は上体を起こし、文弥の足の間にしゃがんだ。そこから眺める愛しい少年——実際には文弥は少年と呼ばれるべき年齢を越えようとしていたが、その華奢な身体にむしゃぶりつきたくて堪らない。壊すほど抱き締めたかった。

(痛い目には合わせたくないんだが……)

惣一郎は自分に落ち着くようにと言い聞かせながら、文弥の薄い腹部を撫でた。性急な行動は抑えていたが、視線では思うがままに文弥を犯した。

「おお」

限界がすぐに来て、惣一郎は再び覆い被さった。

その勢いに文弥は目を見開き、彼を受け止めるべく両腕を背中に回した。

額から目元、頬、耳たぶ……所嫌わずに口づけが落とされる。唇を上下別に貪られ、熱い溜息が漏れた。すかさず舌を痛いほどに吸い出される。

「え…るんすと、さん。ああ、えるんすと…さん」

首筋を舐め上げられ、鳥肌が立った――嫌悪のせいではない。胸から腹部へと移動していく形のいい頭を抱え、文弥は独占欲に喘いだ。

(僕は彼が欲しい……他の誰とも分け合いたくない、僕だけの人にしたい)

文弥は自分から足を開き、惣一郎の腰を挟んだ。

雄々しく変化した二本の男根が擦れ合う。二人とも下帯を外してはいなかったが、前垂れの布ごしでも充分に刺激的だった。

惣一郎が腰を押しつけるように揺らす。

「あ…あぁ、あぁあああ」

文弥は動きを止めようと彼の腰に足を巻き付けたが、密着度が増し、かえって快感は強くなった。擦りつけられ、揺さぶられ、いやいやと首を横に振った。

ドクン、と堪えようもなく腰が撥ねた。

「ひゃっ」

下帯の中に湿った温かさが広がり、文弥は自分がいち早く射精してしまったのを知った。

「文弥、早いな」

恥ずかしがって両膝を閉じようとするのを宥《なだ》めすかし、惣一郎は文弥の下帯を取り去った。

文弥の男根はまだ萎えきってはいなかった。

濡れそぼったそれを握り、強弱をつけて揉む。

「あ、あ…ん、ん」

達したばかりで敏感なそこを弄るにつけ、喘ぐ文弥の声が惣一郎には美しい音楽のように聞こえた——興奮で赤い靄がかかったようになっていた頭の中がクリアになった。

手の内にある文弥の命のけなげさに、口づけや舌での愛撫は当然だった。

そんな惣一郎に文弥のほうが慌てた。

「ダ…ダメ、え…えるん…すと、さん……ああ、そ、そんなことダメだ」

文弥を口に含んだまま、惣一郎は笑った——淡い色の瞳を悪戯っぽく閃かせて。

「あぁ、ダメ……僕、変になってしまう」

文弥は顔を両手で覆った。

舌先で尿道口を刺激され、震える膝で惣一郎の顔を挟みつける。

（こ…んなの、信じられないっ）

大事な人に奉仕されている心苦しさと甘い快感が入り交じるのに、文弥は逃げるべきか甘えるべきか判断がつかない。結果、流される……理路整然とした思考を手放す。

募る射精感に脇腹が震えた。

「僕…また、で、出ちゃ…――」

文弥の切迫した訴えに、惣一郎はその根元をきつく握った。

「あっ、ああっ、あ…ううっ」

文弥は弓なりに身体を反らし、腰を布団に押しつけるようにして、堰《せ》き止められた体液が落ち着くまで耐えた。

「はあ…はあ、はあ」

溢れ出る涙を惣一郎が尖らせた唇でそっと吸った。

「まだだよ。まだだ、文弥」

「……す、好き」

文弥は言った。

口づけを交わす。

「好き」

口づけしながら、惣一郎は文弥の足の間を探っていく……。

文弥の腰に緊張が走った。

「以前は、ここが辛かったのか？」

「す…すごく」

「指先しか入らない。痛みを与えないでする自信がオレにはないな。やめておこうか？」

「ううん」

全身を小刻みに震わせながらも、文弥は首を横に振った。

「い、痛くてもいい…です」

「オレとの性交が痛いものだと記憶して欲しくない」

惣一郎は文弥の手を取り、ずっと勃《た》ったままのそれを握らせた。握らせるだけでなく、文弥の手の上からそれを上下に動かし、ごりごりと一層硬くなるまで続けた。

惣一郎の興奮は高まった。先端から先走りの透明な体液が零れ、太い血管の浮いた幹《みき》を伝う。

「………ッ」

食いしばった歯の間から漏れる息が文弥の肌を温めた。

「え…えるんすとさん、い…いい？　気持ちいいの？」

「ああ、いいよ。すごくいい」

自分の手で彼を気持ちよくさせられるのを知り、膨らんだ恋情に胸が痛んだ。もっと彼を感じさせたい。もっと…もっと夢中になった顔が見たい。

青みがかったグレーの瞳を熱っぽく潤ませ、柔らかい唇を少し開いている惣一郎は美しかった。ギリシア神話に出てくる若い神は、きっとこんな姿だったに違いない。

「ぼ…僕の中に入れたら、あなた…もっと気持ち良くなるのかも……」

「とても入るとは思えんよ」

動物的にいきり勃っている自分のそれを持て余しつつ、惣一郎は首を傾げた——男同士の性交は自分たちが初めてではないに違いないが、文弥の窄《すぼ》まりの頑なさからして、とてもスムーズにいくとは思えなかった。

「……あなたと一つになりたいんです」

真摯《しんし》な瞳で文弥が言う——すらりと、言葉を少しも詰まらせることなく。

「面目ないが、痛みを感じさせないでやり遂げる自信がない。男同士の性交について、オレはあんまり無知すぎる」

「それでも」

「痛くてもいいと?」

細くした目に、小さく微笑んだ文弥を捕らえた。

「あなたが好きだから」

こんな痺れるほど嬉しい許可を得ては、もう我慢することなど出来はしない。惣一郎は文弥の額に口づけてから、身体を起こした。

文弥の足を開き、腰を抱く。

狭い入り口に自分のぬるついた先端を押し当ててみたが、慎ましく閉じた蕾のようなところを散らしてしまうのは確実だった。

(芝居小屋の色子は丁子《ちょうじ》油《あぶら》を使うと聞いたが……)

惣一郎の躊躇いを察し、文弥は囁くほどの小声で言った――ひどく恐縮し、さすがに淀みなくというわけにはいかなかった。

「もし…よかったら――い…嫌かもしれないけど、な、舐めて……舐めて…馴らすと、だ、だいぶ楽になる…はずで…――」

こんな要求を口にする自分への嫌悪で、文弥は消えてしまいたい気持ちになった。

「そうか、舐めればいいんだな」

惣一郎は感心しきったように頷くと、文弥の膝裏を押して腰が浮いてしまうほどに身体を折り曲げた。

自分が望んだこととはいえ、たちまち密やかな場所を外気に晒《さら》す体勢にされてしまい、文弥は羞恥の極みで両手で顔を覆ってしまった。しかし、自分でも理解不能なほどに、身体は興奮状態を維持し続けた。

「あ…あっ、ああああぁん」

そこに舌が触れてきた。ぬるぬると周辺を這い、唾液を塗り込めていく。身悶えするほど恥ずかしいのに、それが快楽でないこともない。

(こ…こんなじゃ、なかった。あの人に…あいつにされたとき、嬉しいなんて思わなかった。おぞましくて、おぞましくて、逃れようと必死だった。それなのに、今は…――)

襞を丁寧に舐め解かれ、柔らかく吸われる。綻びかけたところに尖らせた舌先が差入れられると、その剝き出しの感触に文弥は口を開けた。

「は……あぁ、ん、ん――」

ぞわりと鳥肌が立ったが、嫌悪のせいではない――甘い戦慄。

舌の次には指が差し込まれた。

指の硬さや太さも、どうにか受け入れることが出来た。二本目も。いよいよ惣一郎と身体を繫ぐのだと思うと、不安交じりの期待に胸が震えた。

「文弥…文弥、ここに…入れるぞ」

顔を上げた惣一郎の声は欲望に掠れていた。

「オレは無慈悲になるかもしれんが、許せよ」

頷くや、彼は文弥の足を開き直した。

それは最初から熱く、硬く押し入ってきた。文弥は落ち着いていられるように自分を励ましながら、深い呼吸を繰り返す。

ねじ込まれるのはやはり苦しい。恐ろしい記憶が甦りかけるが、文弥は目を開いて、自分の上にいる男が誰であるかを確認した。

惣一郎もまた苦しげな顔をしていた――彼自身に対し、そこは狭すぎるのだ。

「う、う…ううぅっ」

「文弥ぁ」

「え…えるん、すと…さんっ」

全てが収まるまでに、長い時間がかかった。いや、短時間だったのかもしれない。とにかく、惣一郎も文弥も五感を研ぎ澄ませ、蜘蛛の糸を手繰り寄せるように探り探りで進むしかなかった。

汗や涙で濡れた顔を見合わせ、二人は満足そうに微笑んだ。身体を深々と繋げたまま、腕と足を絡ませてぴったりと抱き合う。

惣一郎が言った。

「他人とこんなに距離がなくなるなんて、考えたこともなかったな」

「み…身も、心も」

ひとつになれたと思う。

「約束する。誰よりもお前を愛そう」

「ええ、誰よりも」

惣一郎は文弥が落ち着くまで待つつもりだった。

しかし、文弥は無意識なのだろうが、不意にぎゅっと締め上げてこられ、もうこれ以上じっとしていることは出来なかった。

優しい口づけを一つ。

「……動いていいか？」

こくりと頷いた文弥が愛しく、次の口づけは呼吸を奪う執拗なものになった。

鬱血し、いつもより赤みを増した唇を目にして、惣一郎の欲望はいよいよ抑えがたいものとなってくる。

惣一郎は腰を使い始めた。最初は狭い場所を押し広げるために小刻みに動かし、余裕が出たところで長さいっぱいに挿《さ》し抜きする。

「あ、あ……うっ、ううっ」

押し出されるように漏れ出る文弥の声は、とっくに苦痛を訴えるばかりではなくなってきた。惣一郎は文弥の前を探って、それが硬く凝《しこ》っているのを確認した。

問題はない。

問題ないどころか、その発見は惣一郎に満足と歓びをもたらした。

（あぁ、なんて可愛いんだろう……）

十代後半の男がまだこれほど可愛らしいなんて、文弥の存在は奇跡としか言いようがない。自分が盲目になっているからそう思うのだとしても……あぁ、このどうしようもないほどの愛おしさはどこからくるのか。

文弥をもっと感じさせたいと思うのに、惣一郎は衝動的になってしまうことを抑えられなかった。

「文弥…あぁ、文弥」

名前を呼びながら、深く、早く腰を動かす――叩き込むように。

額に汗を浮かべ、目を閉じ、いやというほど揺さぶってくる惣一郎に、ただ文弥はしがみついているだけである。痛みと快感の狭間にいては、あれこれ思い巡らせる余裕はない。

「す…好き……大好き」

臆面もなく、自分が口走り続けていることにも気づかなかった。

そして、自分の股間がこれ以上ないほど固起し、ひっきりなしに先走りを垂らしていることも。いつの間にか痛みを克服し、身の内にいる惣一郎を締めつけていることも……。

「文弥ぁ……ああ、文弥」

呼ばれるたび、背筋に歓びが走る。

(もっと…もっと、あなたをぶつけて)

惣一郎の背中に爪を立て、文弥はこの一体感が永遠に続くことを望んだ――寄せては返す苦痛と快感の波の中で、ただ一心に。

（もっと…あぁ、もっと）

しかし、快楽は一瞬に属する。

絶頂すれすれまで登り詰めると、目を瞑ったままで惣一郎は言った。

「オレは…もう、達《い》くよ」

力強く最後の挿し引きをし、これ以上ないほど奥に押し入ったところで惣一郎は自らを解き放った。

一呼吸ほど遅れて文弥もまたクライマックスに達する。

体液の青い匂いが小屋を満たした。

飛び散った文弥の精液や汗で濡れた身体を上下に重ね、二人はぐったりと脱力して快楽の余韻に浸った。

外の雨音が耳に入ってきた。

雨は降り続いていた。粗末な塗炭《とたん》屋根を激しく打つ音からして、まだまだ止みそうにないと分かる。

これでは山荘に戻れない。

「文弥、お前はオレの恋人だ」

文弥の耳に唇を寄せ、惣一郎が言った。

「はい」

「オレの側にいろよ」

頷きながら、文弥はこれまで誰に対しても持ったことがない信頼という感情を惣一郎に寄せた——それは単純な好意を愛情に高めるための必要条件だった。

＊

実家でお盆を過ごしてから、寮生たちは四方八方から戻ってきた。

体型が大きく変わった者、日に焼けた者も少なくなく、再会を喜び合ってもなんとなく数日はよそよそしくなる。ほんの一か月の休みだが、この年頃の青少年の心身に変化をもたらすには充分な時間だ。

文弥は坂本の部屋にYヶ岳土産《みやげ》の餅菓子を届けた。

坂本はなんら変わりなかったが、同室者の市原は真っ黒に日焼けし、長めだった髪の毛をほとんど坊主に刈り上げていた。海軍士官の父親に泳ぎの特訓をさせられたという。

「きみの母上って、末っ子のきみだけは軍に入れたくないって言ってなかった？」

「でも、オレはやっぱり軍人の子なんだよ。ここを出た後は海軍に入って、航空隊に志願することになるだろうな」

「空を飛ぶのか？」

「そういう時代になるさ、今に」

そう物々しく語りながらも、市原は美味しそうな餅菓子に手を伸ばした——まだまだ無邪気なものだ。

「ねえ、赤松伯爵家所有の山荘ってどんなだったの？」

坂本が尋ねてきた。

「ど…どんなって……大きな西洋風の建物だったよ」

「小堀くんも少し焼けたね。なんか、健康的になった感じ……田舎の空気が合ったんだね、きっと」

文弥の変化はそれだけでなかった。夏でも堅苦しく学生服を着ていたのが、ゆったりとして見える和装になっていた。

心なしか、言葉を詰まらせることもいくらか減った。

「その夏の着物、似合うね」

「さ、山荘の管理人さんが、仕立ててくれたんだよ。袴は、赤松先輩が中学生のときに着ていたものだって。で、坂本くんは？　どんな…夏休みだったの？」

「僕はね…」

坂本はくふふと笑って、声を少し低めた。

「実は一週間くらい前にこっちに戻ってきてたんだ。で、毎日ソノ子さんと会ってたよ」

「え、本当に？」

「僕たち、もう恋人同士なんだと思う」

「お前って結構すごいよな」

菓子を食べ食べ、安藤が言う。

「オレは雅子さんとはあれっきりだ。ああ、可愛いリーベが欲しいよお。小堀くんは、山の娘とのアーバンチュールはなかったの？」

「ざ…残念ながら」

文弥は笑いながら首を横に振ったが、その屈託のない明るさに坂本は目を細めた。

「赤松先輩と二人で充分楽しかったんだよね？」

「毎日川で泳いだり、山登りをしたり…ね。面白かったな。乗馬も習った。あ、雨の日にはチェスをしたよ。全然勝てないけど……でも、僕のほうが強いんだよ」

「小堀くん、もう先輩にびびってないね」

「優しい人だよ、本当は…ね」

自分の部屋に戻るとき、文弥は坂本とその同室者たちに土産を持たされた。甲府の干しぶどうと横浜のビスキュイ、小田原のかまぼこだ。

「あ…ありがとね。先輩、きっと好きだよ」

「でも、お茶を入れろって言われんだろ？　裏の井戸の水で湯を沸かせってな」

市原があれだけはいただけないとばかりに言ってくるのに、文弥は軽い笑い声を立てた。

「あ…あれね、意地悪じゃないんだよ。ホントに…ね、裏の井戸から汲んだ水で沸かしたほうが、お茶が美味しいんだよ。こ…こうね、お茶っ葉がわやわやとよく開くの。今度、試してみて。他のじゃもう飲めなくなるから」

「そうなんだ？」

「じゃ、早速試してみようぜ」

部屋に戻ると、惣一郎が文弥を待っていた。

将棋盤を出して駒を並べていたのを見るや、文弥は対局する約束をしていたのを思い出した。ごめんなさいと頭を下げると、惣一郎は鷹揚に構わないと言った。

「坂本は元気だったか？」

「お土産、も…貰ってきました」

「このビスキュイは久しぶりだな」

「お茶を入れましょうか？」

「いや、いいよ」

惣一郎は自分の膝を叩き、ここに座れと文弥を誘った。

恥ずかしさに文弥は顔を俯けた。さすがに惣一郎の膝には座らず、傍らにぴったり身をつけて腰を下ろした。

「そこじゃない。座るのはこっちだ」

膝を叩いて、惣一郎が促す。

文弥が腰を上げるやいなや、惣一郎が腕を回して自分の膝の間にくるように抱き込んだ。

「ビスキュイより今はお前がいいよ」

接吻する。

文弥は口づけにだいぶ馴れた。惣一郎の自分を押し包むかのような弾力ある唇が好きだと思う。ときには呼吸を奪うような激しい接吻だったり、またあるときは啄《ついば》むような優しい口づけだったりするが、どんな口づけも文弥の心を温かく満たした。

「お前はオレにとっては菓子みたいなもんだ」

唇を離し、惣一郎が言った。

「いつも美味そうな匂いがするんだ。形は美しいし、囓《かじ》れば甘い。幸せな気持ちにさせてくれる」

「……僕だって」

「同じだとは思わない。オレのほうがお前を好きだから」

文弥は目を見開き、頭を振った。

「そ…そんなこと、ないです。僕のほうが…——」

惣一郎は身を翻《ひるがえ》し、文弥を布団の上に押し倒した。

「いいだろ?」

「……え、ええ」

手を胸元に差入れられて、文弥はカッと赤面した——和服は隙が多い。手を入れやすいから和装にしろと言ったのは惣一郎で、文弥はそれに従ったのだ。

膨らみのない胸をまさぐられる。

惣一郎が掌に感じるのは、肌の温もりと胸の突起の変化だ。まんまと硬く尖ってきたそれを指で摘みつつ、文弥の耳元に熱く囁く。

「早く夜になればいいと思っていたよ。夜になれば、どこへ行っててもお前はオレの手元に戻ってくるからな」

「行くなと言うなら、どこへも……」

「いや、行っても構わない。戻ってきたときの喜びがあるから、一人で待っているのも悪くはない」

恥ずかしくなるほど甘い言葉を口にしつつも、惣一郎は男らしくいささか荒っぽい仕草で文弥の襟元をぐいと開いた。耳から首、首から胸へと口づけを浴びせる。

薄い胸に頭を載せて、しみじみと言った。

「お前は温かくていい」

文弥は彼の頭を抱いた――特権、だと思う。この形のいい頭をこうして両手で確かめられるのは自分だけ。優越感に浸りながら、惣一郎の欠乏したものを自分が満たせればいいと思う。

熱心に乳首を舐められるうち、じわじわと性的な愉悦が身体中に広がり始めた。

(こんな…期待していたみたいに……！)

性交を嫌悪していた分だけ、自分の身体の変化にはまだ戸惑いがある。さりげなく身を捩って誤魔化そうとしたとき、惣一郎の膝がその場所を探り当てた。

「あっ、あぁ……」

文弥は小さく声を上げた。

「触ってくれと言えばいいものを」

「だ、だって……こんなところ、触って欲しく…ない」

「なに言ってる」

笑って、惣一郎は文弥に身体を押しつけた。

硬くなったものが膝に当たり、文弥は曖昧な笑みを浮かべた――こうなってくれているのが嬉しいやら、それを嬉しく思う自分が恥ずかしいやらで。

「オレはいつでもお前に触って欲しいよ」

求めに応じ、文弥は惣一郎の袴のあきから手を滑り込ませた。上衣の布をかいくぐり、下帯をずらし、直に握った。熱く反り返ったものを手の内に収め、文弥の心は甘く湿った。

(僕だけ…僕だけのあなた)

握り締め、動かしていく。

「は……」

惣一郎の呼吸が変わるのが分かった。それに励まされるようにして、さらに上下運動を続ける。

「あ…んまり一生懸命…すると、クソッ、すぐ終わってしまうぞ」

手首をぎゅっと摑まれた。

「お…終わっても…――」

「それじゃ、お前がつまらないだろう?」

からかうように言われたが、文弥は首を傾げた。

「僕は…いいんです。あなたが、良ければ…それで」

「そう言うなよ。どれ、触って欲しいんじゃないのか?」

袴の上から探られ、文弥は顔を背けた。

「こっちは素直だ」

「でも、僕…そんなには」

「一人で気持ち良くても仕方ないから、お前に素直になって貰わなきゃな。その可愛らしい口で、エルンストさんが欲しいとかなんとか言って貰わないことには、オレはどうにも収まらない」

言うや否や、惣一郎は文弥の袴の紐を解き、たちまちのうちに下帯だけの姿にした。

胸の突起に唇を寄せ、前たての布の上から揉み扱き、文弥を大きく身悶えさせる。何度か抱き合って、文弥が感じて堪らないところはとっくに記憶済みだった。

(脇腹を下から撫で上げ、掌で乳首を転がす……ほら、じんわり濡れてきた)

下帯が濡れてくると、文弥は可哀想なくらいに狼狽える。惣一郎の指摘に、顔どころか胸元まで赤く染め、目に涙を溜めるのだ。

それが可愛くて仕方がない。

はにかんだような笑顔が一番好きだが、この泣き顔も捨てがたい。

「まだ達ってもいないのに、こんなに濡らして……しょうがないなぁ」

「あなたが、さ…触るから……」

「オレが触ると気持ちいいだろう？　だから、濡れるんだよな。もっと気持ちいいことしてやろうか？」

「えっ」

怯えたような瞳で惣一郎を見上げてくる。

「お前、あれが好きだろう？」

「……じゃ、ない…です」

「まだ素直にならないのか」

惣一郎は呆れたように言ってから、さっさと文弥の下帯の紐を解いた。布と紐で出来た日本古来からの下着は緩めるも脱がすも簡単だ。

文弥が逃げかかるのを許さずに、開かせた足を肩に担いでしまう。

本気で嫌がっていないのは見れば分かる。萎える様子もなく硬く勃起して、紅色の亀頭の裂け目から快感の涙を溢れさせている。

惣一郎は身を屈め、少し塩気のある酸っぱい液体を吸い上げた。たったそれだけの行為に、文弥の太股に緊張が走った。

「……あ、あうっ」

まだ達かせてやらないと、惣一郎は根元を絞った。

きつくした指の輪を緩めずに、温かく湿った口腔で文弥を包んでしまう。舌先を器用に使ってぐるりと亀頭のくびれを辿り、窄めた口から浅く出し入れし、おもむろに深く突き入れたり……。

ひとしきり味わってから、ふうと息を吹きかけた。

「……ゆ、許してっ」

文弥が泣き声を上げた。

「じゃ、素直になれよ」

「な…なります、素直に」

「しゃぶられるの、好きか？」

「………」

「好きかと聞いてる」

「す…好き」

文弥は半泣きで言ったが、惣一郎は追い打ちをかける。

「どれくらい好きだ？」

「……す、すごく」

「恥知らずなくらい？」

文弥は頷く――本当に、恥知らずだと思うから。

「では、もっと恥知らずになってみろ」

惣一郎は文弥を俯せにし、すかさずその腰を引き上げた。こちらへ臀部を突き出させる格好だ。文弥が抵抗を示す間を与えず、露わになった密やかな場所に口づけする。

「あ、そ…そんなっ」

狼狽える文弥に構わずに、惣一郎はそこを舌先でぐるりと探り、舌全体で唾液を塗り込めていく。

こうしなければ挿入が耐え難いほどの苦痛になると分かっていても、この行為は文弥にとって死にたいほどの羞恥に繋がる。好きな人の顔にこんな場所を突き出すなんて……。

「よく濡らして馴らさないと、傷を作るからな」

惣一郎は指を差入れながらも、周辺に舌を伸ばすのを止めない。

「も…もう大丈夫、だ、だから……――」

居たたまれず、文弥は前へ逃れようとする。

それを引き寄せられ、さらに指を二本に増やされて、文弥は啜り泣く――痛くても構わないから、もうこれくらいで止めて下さい、と。

惣一郎は文弥の前を探り、そこが萎えていないことを確認する。萎えるどころか、むしろそこはもう爆発寸前まで張り詰めている。

(虐められて、可哀想な自分…って気持ちになると、反対に身体は高まってしまうんだよな。ちょっとひどくされるほうが興奮するって、もう知ってるぞ)

惣一郎は指で文弥の内部を擦り上げ、文弥が自分から腰を蠢かすのに目を細める。

(可愛いやつ。口では止めてと言うくせに、こう貪欲になって……気持ちと身体がかけ離れていくのが切ない、だ? 結果、快楽のほうに流れてしまって……あぁ、しょうがないやつだよ)

投げ出していた手を取ってそこに導くと、文弥は自分自身を握り締める。後ろを探る惣

一郎に合わせ、もどかしげに上下に動かし始めた。

「う…んっ、ううっ」

四肢を張り詰め、背中をくねらせて文弥が達するまでいくらもかからなかった。我慢に我慢を重ね、より強い快感を得ようなどという細工をしない文弥が愛しい。

自らが放った飛沫《ひまつ》で濡れた文弥を仰向けにし、開いた足を抱え、惣一郎はそれなりに馴らしたそこへ瓶の油を塗りつけた。

「え？」

文弥が問うような視線を向けるのに、惣一郎はにやりとして答えた。

「恥を忍んで、硬派の連中に譲って貰った」

「そ…それを使うんなら、あ、あんな…舐めなくても……」

「悶えるお前が見たくてな」

「ひ、ひどい」

文弥は両手で顔を覆ってしまったが、惣一郎は構わず自分を文弥の中へと沈めた。さすがはそれ専用の油である、難なく奥までいくことが出来た。

「オレも楽だが、お前にとっても楽なはず。きっといつもより気持ちいいぞ」

文弥は首を横に振った。

「気持ち…よくなくても、僕はい…んです」

「そう言うな。二人とも気持ちがいいに越したことはないだろ」

「でも、す…すごく気持ち良かったら、なんだか…男じゃなくなるみたいな…——」

達して萎えてしまった文弥に触れ、惣一郎は二度三度撫でた。文弥は即座に反応し、再び勃起する兆《きざ》しを示した。

「お前はちゃんと男だよ。な？」

惣一郎は動き始めた。

遠慮がちな動きは次第に猛々《たけだけ》しいそれに代わり、文弥は惣一郎にしがみつく。

その日、初めて、文弥は快感を快感として認識するまでに至った——いつもは痛みが愉悦に変わるまでに意識を飛ばしてしまい、自分が達するまでの記憶がない。

精神的な一体感だけで達していたのではなかった。この行為自体にかなりの快感があるのを認めないわけにはいかない。

身体の内部にある感じて堪らない箇所を惣一郎が行き来し、何度も擦り上げられるにつれ、じわじわと波紋のように広がる快美感に包まれていく。射精の瞬間的な快感はその先の先だった。

「あ…あぁ、あぁぁあああ」

内側からどろどろに溶けていくような危うさに、文弥は身も世もなく泣いた。

「つらいのか？」

ううん、と文弥は首を横に振った。

「いい…んです、すごく。どうして…………」

どうして、かつて自分を踏み躙《にじ》った行為が、相手を変えては愛の行為となるのだろう。

好きでもない相手に強要されたときは、死にたくなるくらいの苦痛と恥辱を感じた——

穢《けが》された自分はこの世から消えるべきだと思うほど。

しかし、好きな相手と肌を合わせ、一つに重なる愉悦は天にも昇るような心地がする。

このまま死んでしまったら、どんなに幸せだろうと思うくらいに。

なぜか瞼の裏に実母の姿が浮かんできた。

(お…お母さん、あなたもこんなふうに誰かを愛して……?)

一人の人間として誰かを愛し、愛され、その結果として胎内に宿ったからこそ、彼女は
文弥を産もうと決めたのだろうか。花柳界では堕胎を選ぶのも珍しくないはずだが……。

もしそうだとするなら、自分では育てられない子供を産み、手放した彼女を肯定してあ
げることが出来る。

「え…るん、すと……さん」

愛という言葉の脆さを自覚しつつも、文弥は惣一郎に言わずにはいられなかった。

「好き…です。これ、愛…ですよね?」

「そうだな、愛だ。それ以外には考えられない」

「く…口づけを……もっと」

「ああ、もっとしような」

深々と繋がったまま、惣一郎は唇を合わせた。

唇を放したとき、惣一郎は勝ち誇ったように言った。

「オレはな、お前さえ側にいてくれれば、何でも出来る気がするんだよ。それでいて、なにかを達成出来なくても構わないとも思う。なぜだろうな?」

「な…なぜ」

文弥は答えずになぞったが、本当は分かっていた——愛するたった一人の人間を得たことは、それだけで一つの達成なのだ。強味になるが、後々は弱味にもなり得る。それ以上を望まなくなってしまうからだ。

文弥にしても、惣一郎の存在によって自分を肯定出来る気がする一方で、自分が惣一郎に見合わない卑小なものではないかと疑うだろう未来が想像出来てしまう。

「……で、出来るだけ、ずっと…ずっと一緒に」

「あぁ、お前を放さない」

惣一郎が追い上げに入る。

雄々しく欲望を埋める動きに、寮の簡素なベッドがきしむ。

突き上げられ、揺すぶられながら、文弥は幸せを噛み締めていた。愛が永遠に続くとは思っていないが、祈ることは出来る。

（ずっと一緒にいられたらいいのに……）

来年になれば、惣一郎は大学に行く。自分はまだ一年はここで過ごすだろう。同じ帝大に行けたとしても、学ぶ学問は一緒ではない。

時間に引き裂かれるか、距離に引き裂かれるか――未来のことは分からない。それぞれの活動の場で、別の出会いを得ることもあるだろう。このまま末永く付き合っていけると思うほど、文弥は無邪気ではなかった。

それでも、今この瞬間は二人こうして抱き合っている。この事実を幸せと言わず、なにを幸せと言うのか。

「うっ、う…ううっ」

惣一郎の低い呻き声に鳥肌が立つ。

（ハニームーン……今が、僕たちの蜜月だ）

文弥は窓に月を見た――残暑の熱気を夜まで持ち越し、膨張した月は赤く潤んでいた。

真夏の夜の恋人たちの痴態は、この常軌を逸した月が望み、引き起こしたものかもしれなかった。

＊＊＊

新学期の授業が始まったが、その夏の蒸し暑さは異常なほどだった。

学生たちは、学問よりも、数駅先の浜辺での海水浴を望んだ。午後の授業をサボタージュする者が続出したが、教職員たちがそれを嘆くのも叱るのも面倒がるといった始末。

九月一日を迎えた。

土曜日の授業は午前中まで。学生たちは腹を空かせ、授業が終わるのを今か今かと待っていた。

今しも正午を迎えるというときにそれは起こった。

バリバリと耳障りな音を聞いたと思った直後、ドンと下から突き上げるような衝撃に襲われた。

「う、うわっ」

「なんだ、なんだ！」

地震である——誰もが生まれてからいまだ経験したことのないような強さのそれ。

「と…とりあえず、机の下にでも入って頭を守れっ」

教師が言ったと同時に、縦揺れが横揺れに変わった。ゆさゆさと教室全体が揺さぶられ、窓がきしみ、外れた窓ガラスが落ちた。

電灯や時計が壁から振り落とされ、棚からは本がバサバサと落ちた。

学生たちは身を守る方法も分からず、自分の机の脚に縋《すが》った。しかし、床を滑る机があてになるわけもない。

かなり長く、断続的に揺れは続いた。誰もが狼狽え、怯え、頼りになるものを求めた。

これが大正十二年の関東大震災である。

この未曾有《みぞう》の大災害によって、惣一郎と文弥の恋愛は中断された。

それればかりか、実際に被害を目の当たりにしたとき、それぞれの心は揺れ、動き、それまで思いもしなかった方へと向かい始めることに……――。


惣一郎と文弥が東京の地を踏んだのは、地震発生から十日も過ぎた頃だった。

手に入る地元の新聞は『帝都崩壊』という衝撃的な見出しを掲げていたが、内容は憶測ばかりで、現地の様子はほとんど分からなかった。ただ、桜濤学院のある静岡よりも横浜や東京の方が揺れは大きく、下町で広がった火事が被害を拡大したらしいとのこと。

電話は通じず、鉄道も復旧の目処が立たず、イライラが募った惣一郎が歩いて東京に行くと言い出したとき、軍人の息子である市原の口利きで、N港に駐屯《ちゆうとん》していた海軍の輸送船に乗せて貰えることとなった。

隅田川《すみだがわ》の河口で船を降ろされた。

翌日の夕刻までに戻るのを約束し、二人は、焦臭さが漂い、見違えるように荒れ果てた東京の地を早足に歩いた。

水天宮《すいてんぐう》の近くで別れ、惣一郎は小石川《こいしかわ》、文弥は浅草をそれぞれ目指した。


（ここはもう僕が知っている東京じゃない）

建物の残骸や倒れた電柱を踏み越え、焼け出された人々と目を合わせないように深く俯き、文弥は道とは呼べなくなった裂け目のある地面を黙々と歩いた。

腐乱した遺体がいくつも放置されていたが、埋葬してやれるわけもなく、わざわざ立ち止まって見ようとは思わない。

日が暮れる前にどうにか浅草《あさくさ》に到着した。

有り難いことに、小堀の養父母や義姉夫婦は無事だった。屋敷は半分以上崩れていたが、残ったスペースですでに診療所を開いていた。

ひっきりなしに担ぎ込まれる怪我人や病人を分け隔てなく引き受け、家族全員が医療活動に勤しんでいる姿には圧倒された。卑怯者と蔑んできた義兄さえ、善き人以外の何者にも見えなかった。

「よくまぁ、ここまで来てくれたね」

彼らは文弥の訪問を喜んだ。

義母は文弥の身体のあちこちをさすり、軽く叩くなどして、慈しみ育てた養子が怪我一つ負っていないのを確認した。

「静岡はどんなだったの？」

「あ…あちらは、こ、ここまで大変な状況では、ご…ざいませんよ。す…隅田川沿いに、参りましたが、みなさま、よ…よくぞご無事で……」

経験のない文弥には手伝えることは特になかった。

また、この苦難に結束をより強めたこの家族の中に居場所もなく、正月に会う約束をして翌日の昼には養家を離れた。

養家の人々の無事を確認した後だからだろう、帰りは行きとは違い、震災の爪痕から目を背けずに歩くことが出来た。

潰れた家に焦げた人骨、彷徨《さまよ》う犬……胸を痛める情景もある一方で、廃材を拾って小屋を建てようとしている人たちがいるのを知った。

瓦礫《がれき》の中で鬼ごっこに興じる子供たちに、大人が危ないよと声をかけていた。溶けたガラスを見つけ、宝物だと笑顔を見せる女の子供もいた。

隅田川沿いを歩いて、歩いて、駒形《こまがた》、蔵前《くらまえ》を過ぎ、ようやっと柳橋に差し掛かった。この辺りの被害も目を覆わんばかりだ。

かつての花街の面影はない。建物どころか目印となる店の看板もない今、実母を抱えている置屋が建っていた場所も判別がつかない。

（お母さんは無事だろうか？）

確かめようもなくて、途方に暮れた。芸者たちは山の手のほうへ逃げたのだろうか。着物を持ち出すことが出来なかったと、悔しがっているくらいがいいのだが……。

不意に、三味線の音を聞いたような気がした。

耳を澄ました。

「ま…まさか！」

音を辿って川岸まで出た。

草の焼け焦げた土手に立って、文弥は隅田川に一艘の船が浮かんでいるのを見た。舳先《へさき》にしゃがんだ船頭の後ろに、背筋をぴんと伸ばして三味線を弾く女がいた。

目を細めて見ても、遠すぎてその顔に確信が持てない。しかし、音は――音は明らかに実母のものだった。

曲は『鶴の声』。

このカラカラに乾いた被災の地獄を目にしながら、雨宿りの宿で出会った男女の一目惚れを歌っている。

その違和感。

「ああ」

文弥は呻いた。

どうしてだろう、敗北感が心を過ぎった。

実母の無事を願った文弥の心を踏み躙るかのように、颯爽と三味線を抱え、掻き鳴らす彼女の姿は圧巻だった。

そして、船には客が一人乗っていた。船底に横になって、優雅に酒を飲んでいるのは赤松伯爵のようにも見えなくはない。

「……嫌だな」

文弥はそう口にしたが、自分でもさほど嫌だとは思っていない自覚はあった。

二人は文弥が見ていることに気がつかず、川をゆるゆると漂っていく……——頽廃《たいはい》？いや、奇を衒《てら》ったつもりはないはずだ。自分さえ良ければいいという彼らの態度は、いっそ清々しいまでに周囲から浮いていた。

打ちのめされたような気分になって、文弥は川に背を向けた。

（あんな…生き方、僕には出来ないよ……）

自分には彼女の血が流れているが、世の中から浮いた存在にはなりたくない。そんな勇気はどこにもない。彼らの心に不安はないのだろうか。

とりとめもない思いに耽りながら、てくてくと歩いた。

約束の時間よりもずっと早く待ち合わせ場所に到着してしまった。

手持ち無沙汰《ぶさた》のままに文弥はノートを取り出し、船上の男女の姿を描いた――目に焼き付いて消えない彼らをどうしても描かずにはいられなかった。

頭に浮かんだ言葉は短歌の形にはならなかった。


『地面が揺れようと、大火に追われようと、わたしは流れていく。

誰が泣こうと、誰が怒ろうと、わたしはやはり流れ、寂しい男との再会を果たす。

着物をくれたら、酒を注いであげよう。櫛《くし》をくれたら、好きな曲を弾いてあげよう。

ねえ、船頭さん。地獄でも天国でも好きなところに連れてっとくれ。

あんたも一緒に飲むといい』

描きたい気持ちはまだ収まらず、おもむろに後ろを振り向いて、文弥は倒壊した建物や折れた電柱、瓦礫の中で食べ物を漁る犬をノートに描き散らした。

地面に刺さったままの一升瓶に陽炎《かげろう》が踊る。

壊れた手桶、片方っきりの鼻緒の取れた下駄、井戸の縁に残された誰かの腕……そう、腕だけ。

手が痛くなるまで描き続け、そして最後には鉛筆を放り投げた。

（こんなことして、なんになる？）

やるせない思いが込み上げた——絵を描くことしか出来ない無力な自分に辟易とし、医師として働ける養父や義兄を羨ましく思った。

日が暮れかけ、海軍の船が静岡に戻るぎりぎりになって、惣一郎が戻ってきた。

惣一郎の顔には疲労の色はなかった。それどころか、不謹慎なほど楽しげにグレーの瞳を輝かせていた。

清々しく、彼は文弥に宣言した。

「オレは決めたよ。赤松の家を継がないことにする。弟が伯爵になったほうがいいんだ。あれはそういう器だよ」

「え？」

文弥は目を大きくして彼を見上げた。

「父上は家におられず、十三になったばかりの弟が継母と妹を守っていたんだ。逃げ出す使用人が一人もいなかったのは天晴《あっぱ》れなことだよ。伯爵家は弟に譲ろうと思う。オレは自由になるよ。赤松の家から自分で抜けてやるんだ」

惣一郎の晴れやかさに、初めて文弥は彼に対して苛立ちの気持ちを持った。純粋な日本人とは違う外見で苦労したかもしれないが、結局のところ、この人はお坊ちゃんだと思う。

（どうして…どうして人は、ひらりと考えを変えてしまえるんだ？　なんでそう思い切りがいいんだろう。僕が足踏みしているうちに、鮮やかに心を翻し、飛んでいってしまう。あなたはそうじゃないと思っていたのに……）

惣一郎は文弥の心の呟きを知らず、その肩に腕を回した。

「オレはお前さえいればいいんだ」

「ず…ずっと二人一緒にいられると、思って…いるんですか？」

惣一郎を見上げる文弥の目に、いつにない反抗心が籠もる。

「ら、来年の春、あなたは卒業して、寮を出て行くん…です。それに、またいつこういう災害が起こる…やも、しれません。げ、現実に変わらないもの…なんて、ないと思う」

「大丈夫だ。心はいつも一緒だろ？　オレがお前を守ってやる」

優しげな笑顔と歯の浮くようなセリフに、初めて文弥はときめかなかった。

一緒に被災した東京の地を踏んだものの、二人が目にしたものは全く違った。

もやもやした苛立ちと不安は文弥の心の中に立ち籠め、霧散《むさん》することはついぞなかった。

学院に戻ると、地元の新聞記者が二人を待ちかまえていた。

惣一郎は山の手地区の被害がさほどでもなかったこと、文弥は下町一帯が焼け野原になってしまったことをそれぞれ語った。

言葉に詰まりながらも、文弥は自分が見聞きしたことを一生懸命に伝えた。

「し…下町は、風が、悪かったんだと思います。建物の間隔も狭いところだし……な、夏の終わりの大風の兆候があった折りで、その熱風が…あっという間に、か、火事を大きくしたようです。じ…地震で家屋の下敷きになった人より、お、押し寄せた…炎に巻かれて亡くなった人のほうが、お…多かった、と、聞きました」

記者は文弥を質問攻めにした上で、描いたスケッチをみな欲しがった。

「い…いくらなんでも、こ、この隅田川の船の絵には…ご用がないでしょう？　こ、これは引っ込めさせて…——だって、個人的な詩も添えてありますし……」

「いやいや、それもこれもお渡しください。ノートごと。編集長に見せたいです」

さすがに船の三味線女の絵は載せられなかったが、新聞に掲載された数点のスケッチは大いに評価された——大災害直後の人々の様子が生々しく伝わってくる、と。

静岡の地方誌だった。

それがどういう経緯を経てか、挿絵画家にして歌人で、流行歌の作詞家でもある若竹恋《わかたけれん》次《じ》の目に止まった。若竹はくだんの新聞社を訪ね、文弥のスケッチの全てを見たらしい。

新聞社経由で、その著名人から文弥に手紙が届いた——弟子になる気はないか、と。

文弥は断りの手紙を丁寧に書いた。

『プロフェッショナルな方にお褒めいただき、お弟子になるようお誘いいただいたのは身に余る光栄でございます。ですが、僕は医者を志している者です。せっかくのお申し出をお断りしますこと、どうかお許しくださいませ』

思いがけないことに、それに返事が来た——医者は立派な仕事だと思うが、繊細な絵を描く心の持ち主がやらずともいいのではないか、と。

気が変わるようなら、いつでも連絡を寄越しなさい。きみに余裕があれば、兼業という形でやっていくのもいい。小説家や歌人には何人か医者もいたようだから、絵描きにいても悪くはあるまい。……などなど。

（僕に余裕？　残念ながら、それほど器用ではありませんが）

無理だと決めてかかりつつも、心が揺れないわけはなかった。

自分が得意とすることでは食べていけないと思い、その技を恥じてすらいたのに、絵や短歌などで生計を立てている人が実際にいて、あまつさえ文弥にチャンスを与えようとしてきたのである。

（こんな僕にも才能が……？）

なにが理想で、なにが現実なのか。たった一度の人生を堅実にいくか、奔放にいくか。他人のために生きるか、自分のために生きるか。

選択は自分自身がしなければならない――そう、惣一郎もそうした。

文弥は激しく煩悶しつつも、この件について惣一郎には一言も相談しなかった。

＊＊＊

残暑が唐突なくらいに収まると、秋は加速度的に深まった。

近頃、文弥は目で惣一郎を誘うようになった。

『ね、今夜は……』

唇でも誘う――白い歯の隙間に、赤い舌先をちらりと覗かせて。

震災後の東京を訪ねて以来、文弥はまたきっちりと学生服を着るようになっていたが、その隙のない格好での誘いはかえって扇情的なものに映った。

惣一郎はにやりとする。

「色っぽいな、文弥。蓮っ葉な感じのお前もいい」

さすが芸者の息子だと言われているような気がして、自己嫌悪に陥ることもないではないが、文弥はそうせずにはいられなかった。

惣一郎に抱かれることで、心の不安を取り戻したいのだ。

いつでも若い身体は欲望に燃え上がり、二人一緒に快楽の頂《いただき》に登ることが出来た。身体の相性が完璧だと思われるからこそ、やがて来るだろう別れを不条理に思う。

（僕は子供だったな。一瞬でも、一生一緒にいられると思えたなんて……この人は半年もしたらここから去る。もしかしたら、外国かもしれない――いや、たぶんいつかはそうなるだろう。そうしたら、もうそれっきり会えなくなるかもしれないのに……）

無意識に、文弥は惣一郎の背中に爪を立てた。

翌日の体調を考え、文弥が惣一郎を身体の中に迎え入れるのは一晩に一度…という暗黙の了解すら押しやって、この頃では二度も三度もねだってしまう。身体は満足しきっても、心がそれを認めない――残された時間はどれくらい？　もっと、もっと二人が一つになった実感が欲しい。

「どうしたんだ、文弥。やけに積極的じゃないか」

「……い、いけません…か？」

文弥は自分から足を開き、潤んだ瞳で惣一郎を見つめる。

「いや、構わないよ。そういうお前もまた刺激的だ」

徒めいて美しいと惣一郎は目を細めるが、文弥はただただ必死なだけだった。

この身体に惣一郎を少しでも長く留めようと…――そうすれば、彼はここに居続けてくれるかもしれない。適わぬ願いを抱きつつ、身体を開き、招き入れた惣一郎を押し包む。

(感じて…もっと感じて。僕がいなけりゃ、夜も昼もないと思って欲しい。……ああ、今この瞬間だけでも)

惣一郎からすれば、愛しい恋人が大胆なのは悪いことはない。二人きりのときに文弥がこうも積極的なのは、行為に馴れてきたからだと単純に思う——思いたかった。相手が自分だからという自負のもとに。

「文弥…文弥、オレはお前を離さないよ」

囁いて、惣一郎が最後の突き上げを開始する。

(そんなこと、出来るわけないのに……!)

冷ややかに聞きながらも、文弥の身体は熱くとろけている。

「え…えるんすと、さん……」

汗ばんだ背中に腕を回す——心に絶望があるから、身体は貪欲になる。この人を我がものとしていられるのは今だけ。

「……僕を、あ…愛して」

「ああ、愛しくて堪らないよ」

どこへも行かないでと言ってしまいそうになるのを、文弥は辛うじて我慢する。好きだからこそ言えない。大好きな人が希望に満ちた未来に歩き出そうとしているのに、どうして邪魔など出来るだろう。

(行かないでと言って縋るのは僕の我が儘だ。この人を困らせるだけ)

すんでのところで口を閉ざすのは、文弥のせめてもの自尊心だった。

行為が終わり、惣一郎は立ち上がって手拭いで汗を拭く。

「気がつかなかったが、夜は結構涼しいな」

ぶるると身を震わせた。

「あ…秋も、深まってきましたからね」

「お前も拭いたほうがいいぞ。風邪を引く」

惣一郎は文弥の手を引っ張って身体を起こさせると、わざわざ新しい手拭いを出してきて、首や背中を拭いてくれた。

「じ…自分で、します。僕が家来じゃないですか」

文弥は慌てた。

「いや、今はオレが下僕だよ」

「そ、そんな…申し訳、ないです」

文弥の身体を拭きながら、惣一郎はそこかしこに唇を落としていく。

「お前は汗臭くならないよな、いつもいい匂いがする。どうしてだろう？」

不思議そうに言う。

大事にされていると感じて、文弥は泣きたくなった――でも、泣くのはこの場にそぐわない。少し無理矢理に笑ってみたが、心に添わない表情を作ったことで、泣きたい気持ちは強まるばかりだった。

*

朝夕の寒さにマントを羽織る季節になった。

教室から寮に戻ってきたとき、文弥は寮監から手紙を二通受け取った。一通は自分あて、もう一通は惣一郎あてだった。

惣一郎あての手紙がオーストリアから来たものだと見て取るや、文弥は胸を重たくしたが、自分あての手紙の差出人には首を傾げてしまった。

実母からだった――彼女から手紙を貰うのは初めてである。

七つや八つの子供が書くような下手な文字だ。

その平仮名ばかりを連ねた文章の中で、彼女は文弥が若竹氏の誘いを断ったのを愚かなことだと断じた。彼女がどうしてそのことを知っているのかは分からない。花柳界が繋ぐ人間関係は、素人には想像を絶するものなのである。

そして、彼女は文弥がいまだに医者になろうとしているのは意地かと問いかけ、自分は身体の弱い赤ん坊を育ててくれと小堀の家に頼んだが、その将来まで決めてくれと頼んだつもりはないと怒っていた。

『あたしはお医者って好きじゃあないわ。いばっているからね。おまえになってほしいとは思ってないし、むくしごとだとも思わない。お医者にならねばならないというのなら、それがすばらしいしごとだとおまえに思いこませた小堀のじいさんをうらむわ。白いまえかけをして、カゼとか、食あたりだとか、きめつけることのどこがいいというんだろう。お医者よりも、詩人とか絵かきのほうがいいにきまってる。とにかく、もう一度よっくかんがえなさい。なにが本当にじぶんのしたいことなのか。小堀の家のことはおいといて、好きかきらいかでかんがえるのよ。おまえの先々を他人にきめさせてはいけないよ』

彼女なりの母心なのだろうか。

医者よりも詩人や絵描きがいいなどと言うのは世間の常識から外れているし、ロマンティックな自分の好みを押しつけているだけにすぎない。自分の子供を引き取り、代わりに育ててくれた小堀夫妻への感謝を失しているのも非常識だ。

それでも、彼女は普段は書かないだろう長い手紙を一生懸命にしたためたのだ。

以前の文弥ならこれを有り難い母心とは思わなかっただろうが、今は紛れもないそれだと分かる。押しつけだろうが、なんだろうが、実母が心配しているのが伝わってきた。

『追伸　秋なのに、隅田川にサクラがさいたわ。くるいざきというんですって。じしんのときの火事で葉っぱがみんなおちてしまったから、サクラはきせつをまちがったのね。花びらをいれておくわね』

封筒を逆さまにすると、いくつかの花びらが掌にひらりひらりと落ちてきた。

（お…お母さん……！）

なんと自分本位で、なんと趣ある手紙だったことか。

文弥が茫然としているところへ、惣一郎が帰ってきた。

「文弥、先だったか」

「お、お帰りなさい。えるんすとさん、お…お手紙が来てますよ」

「うん」

惣一郎はペーパーナイフで封筒を開け、取り出した便箋にざっと目を通した。

「よろしい！」

彼は一つ頷いた。

そして、文弥の手を取った。

「来年はオーストリアだぞ。ウィーン大学に留学が許された。オレはまず法学をやるが、お前は医学か……まあ、他の学問でも構わないが」

「え？」

文弥は驚きに目を見開いた――そんな話は聞いていないし、自分が外国に行くなんて考えたこともない。

（オーストリアに、僕が？　高等学校も卒業していないのに？）

文弥の戸惑いに気づいて、惣一郎は珍しく狼狽えた。

「オレの行くところにお前もついて来るよな？」

「僕は…僕は、い、行け…ませんよ」

「どうして？」

「どうして…って、ぼ、僕は、て…帝大の医学部に行くからです」

「小堀の家は出るんだろう？」

「で、出るって言っても、が…学費を出して貰う以上は、あ、ある程度、小堀の養父の意向に、従わなければなりません。りゅ…留学なんて、とんでもない」

「学費の心配はいらないぞ。オーストリアではオレの祖父が出してくれる」

「ぼ、僕に会ったこともないのに？　孫可愛さに……ま、孫が、日本から連れてくる素性の知れない、が…学生にもお金を出すと？」

思わず文弥の口調はシニカルなものとなった。

惣一郎は感情的になるのを我慢して、落ち着いた声で説明した。

「お祖父様はもともと篤志家《とくしか》として知られ、多くの芸術家の援助をしてきたし、毎年ウィーン大学に多額の寄付もしておられる。未曾有の大災害に見舞われた日本のオレの友人が留学を希望するなら、援助は惜しまないと言っておられるんだ」

「ゆ、友人…ね」

日本には古来より衆道《しゆどう》というものが存在するが、それでも男の恋人がいることは表立って言えることではない。オーストリアではどうだろう。最大限に楽天的に考えても、歓迎されるとは思われない。宗教的には日本以上に隠さねばならない嗜好かもしれなかった。

(僕は今恋人かもしれないけど、この人の友人にはなれない)

友人関係はもっと対等で、堅固なものだ。

恋は壊れやすいが、友情は続く——それを考えると、惣一郎と文弥の関係は危ういものだ。不安定極まりない。

「……ぼ、僕は、友人…ではないです」

「そうだな」

惣一郎は認めた。

「オレたちの関係は時間をかけて分かってもらうしかない。どのみち、ヘッセン侯爵家を継ぐのは従弟だから、オレが結婚し、子を成す必要はないんだ。祖父はがっかりするだろうが、オレはそれ以上の働きをすればいい――従弟のヨーゼフが成長するまで、ヘッセン家を支えるという大仕事だ」

「ぼ、僕は友人のふりをしなければ…なりませんね」

惣一郎と切磋琢磨《せっさたくま》し合うような対等な能力も持たないのに、友人としてもてなされ、学費を負担して貰うのは心苦しい。

責めるつもりなどなかったが、文弥はそのセリフで、いつも公明正大《こうめいせいだい》であろうとする惣一郎がまれに持ち出した欺瞞《ぎまん》を正面から衝いてしまった。

「……しょうがないじゃないか、今は」

珍しく、惣一郎は口籠もった。

自分らしくないと気づいてか、彼はすぐに普段の口調になった。

「つべこべ言わず、ついて来たらいいんだ」

しかし、文弥は頷けない。

「ぼ…僕は行きません、よ。お、男同士の、正しい友人関係なんか…知らないし、演じきれないです……じ、自信がありません。そ…そもそも国を離れるなんて、か、考えたこともないんですよ。あ、あなたにとってはもう一つの祖国でも、ぼ…僕からしたら別世界、ち…違う国なんですよ」

かりだった。

「大丈夫、オレと一緒ならそこがお前の国になる。そのために、オレは必ず努力しよう」

惣一郎は熱心に言ったが、戸惑い、受け入れられないと思う文弥は顔を引き攣らせるば

文弥に断られるのは、惣一郎にとっては晴天《せいてん》の霹靂《へきれき》だった。

同じ部屋に暮らし始めてから、文弥が彼に逆らったことはなかったし、相思相愛を確認した後はもうずっと一緒にいるものと決めてかかっていたのだ。

文弥が留学に尻込みするのは想定の範囲だったが、自分が行くとなれば結局はついてくるだろうと思っていた。

しかし、文弥は頑固で、なかなかうんとは言ってくれそうもない。

(いつも流されるばかりなのに……なぜここで踏ん張るんだ？　あいつの悩みの根源にぶつかるからか？)

育ててくれた養父母への恩、本当の家族になれなかった悲しみ、医者になって認めて貰おうという希望、ひた隠しにしている実母への愛……文弥の心はなかなかに複雑だ。

学問に集中しようにも、文弥を文弥たらしめている芸術的な傾向が邪魔をする。季節や景色のいちいちに心を動かさずにはいられない。文弥は愚かではないにせよ、受験や試験に向かって一心不乱に勉強するタイプではなかった。

（このままじゃ、自分に課した義務に縛りつけられ、身動きが取れなくなってしまうぞ。誰のための人生だ？）

　客観的に見て、しがらみを絶ち、自分が真にすべきことを考えたほうが文弥のためだと惣一郎は思う。一緒に欧州に行くことは、文弥にとって悪いことではないはずだ。

　桜は異国でもちゃんと根付く。

　惣一郎は場所を変え、時を選び、言葉を尽くし……と思いつく限りの方法で説得を試みたが、文弥から色よい返事は貰えなかった。

　それだけはすまいと決めていたのに、ついには夜の行為の最中にそのことを持ち出してしまった――うんと言わなければ、達かせてやらないと焦らしに焦らしたのだ。

　文弥は首をゆるゆると横に振りながら、泣くばかりだった。

　哀れが募って解放してやったが、後味の悪さだけが残った。

「悪かった」

　惣一郎は謝った。

　そのせいで、自分からは誘えなくなってしまった。

　部屋に冷ややかな空気が流れ、二人でいる居心地の良さがなくなった。会話が消えるのを怖《おそ》れ、惣一郎は窓辺から万年筆を落としてみた。

「あの植え込みの中だ。捜して来てくれ」

「あ…はい」
裏庭に走って行き、植え込みの中に顔を入れるまでして、万年筆を捜す文弥は可憐だ。
カステラを買いに行かせたり、わざわざ裏井戸の水でお茶を入れさせたり、今すぐにと
手拭いを洗わせたり……同室になってすぐの王子と家来のやりとりを復活させることで、
惣一郎は大いに慰められることになったのである。
一方、文弥は——惣一郎が望む答えを口に出せないでいる文弥は、惣一郎の想像通りに、
精神的に雁字搦めになっていた。
(ああ…僕はどうしたらいいんだろう。なんだか全てが怖くて、自信がないや。自信があ
ったことなんかなかったけれど……)
なにも選べないまま、時間ばかりが過ぎていく。
まず眠れなくなり、食欲がなくなり、もちろん勉強にはまるで身が入らない。
病人のような真っ白な顔で、夜中に中庭や裏庭を徘徊《はいかい》する。綿入れを手に惣一郎が追い
かけるも、彼も深く眠っていて気づけないこともある。
その学期末試験で、文弥は数学と化学で落第点を取ってしまった。教科担当教授は、救
済措置として、再試験にパスすることと年内のレポート提出を課してきた。
「裏に絵を描いても良かったのに、なぜ描かなかった？　わしは落第を出したくないよ」

文弥は弱々しく笑った。

「ひ…卑怯かな、と思ったんです」

必須である理数の科目を絵で補うのに抵抗を感じ、どうにも手が動かなかった。

居残っている文弥を気にしつつも、弟妹と過ごす最後の正月になるかもしれないから…と惣一郎が一足先に帰省して行った。

再試験をこなし、レポートもどうにか提出して、文弥が浅草の家に向かったのは大晦日《おおみそか》だった。

下町の復興が進む中、義姉が身籠もり、養家の正月はお目出度い雰囲気に満ちていた。義姉夫婦に子供が生まれるのは喜ばしいが、しかし、それはいよいよこの家に文弥の存在が必要なくなることを意味した。

帰りには柳橋に生母を訪ねた。生憎《あいにく》と留守だそうで、顔を合わせることは出来なかった。

寮に戻ったのは年明け四日の昼だった。

寮監に新年の挨拶をしたとき、思いがけなく、部屋替えを提案された。やむを得ない事情で学校を去った者が出たので、二年生用の四人部屋に空きが出たとのことだった。

「小堀くん、最近はあまり赤松くんと上手くいってないようだからね…。やっぱり上級生との二人部屋は気を遣うんじゃないのかな」

「……そ、そ…ですね」

「赤松くんにはこちらから説明してあげようね。すぐに部屋を移動しなさい。二〇八号室、理乙の海老名《えびな》くんと文甲の森くんが一緒だ。森くんはもう帰省先から戻っているよ」

「わ…かりました。ひ、引っ越しを手伝って貰えるか、声をかけてみます」

後ろ髪を引かれる思いをしつつも、惣一郎から離れてみるのはいいかもしれないと文弥は部屋替えに応じることにした。なにも決められないままで惣一郎と顔を合わせるのは辛く、ずるずると身体を重ねてしまうのも良くないような気がしていたからだ。

海老名は寡黙な男だったが、親切で賑やかな森とはすぐに打ち解けた。

五日の夜に食堂で惣一郎と顔を合わせた。手首を摑まれ、「お前、逃げたな」と言われたが、反論の言葉は出なかった。

「出発は二月末だ。試験が終わったら、卒業式は出ずに渡欧することになる」

「——わ…かりました」

厳しい顔をしていた惣一郎が、ふっと表情を和らげた。

「なあ、文弥」

奇妙に掠れた声で彼は言った。

「もう時間がない。お願いだから、オレを避けてくれるな」

「さ、避けるなんて……僕、しません。い…いつでも、いつでも呼び出してください」

年明けの授業が始まった。

惣一郎と部屋が別になっても文弥の気持ちに余裕は出ず、相変わらずなにも決められない苦しさに喘ぐ日々だ。

別れは刻一刻と迫っていた。

そんなある日、文弥の実母が訪ねてきた。雪がちらつくほどの寒空に、薄紅色の生地に桜が散った季節外れの着物を粋に着た彼女は、前回同様学生たちの注目の的となった。

呼ばれて文弥は出掛けて行き、母と一緒に駅近くのうどん屋に入った。

「これ、お土産よ」

風呂敷包みを解いて、笹団子を渡してくる。

「お正月は赤松伯爵に誘われて、越後《えちご》の温泉宿にいたの。お座敷をすっぽかしたってお母さんに怒られたけど、楽しかったわ」

きつねうどんを注文し、ふうふう言いながら熱々のを食べた。いつもより表情が柔らかく見える彼女に、文弥はずっと聞きたかった質問をぶつけてみた。

「お、お母さんはなぜ…僕を、産んだんです？　まだ…若かったでしょう？」

「なぜって……産みたかったからに決まってるじゃない。あたしに赤ん坊が出来たと分かると、怖れをなしてお前の父親は逃げたわ。でも、あたしは平気だった。お腹にお前がいたからね。あたしは自分の家族ってもんがずっと欲しかったの。自分を売った親の顔は覚えてないのよ。しばらくしてあの人が戻って、ここを抜け出して一緒になろう、子供も一緒に育てようって言ってきた。でも、あたしは断ったの。どうして断ったのかはよく覚えていないけど、二度逃げられるのは嫌だとでも思ったんでしょうよ。あのとき、あの人についていけば、どうなっていたかなあと考えることもあったわ」

「ど…どうなってた、と思うの?」

「さあねえ……あたしには子育ては無理だから、やっぱりお前を手放すしかなかったかもしれない。あの人とも続かなかったかも。どうしてか、上手くいかない想像ばかりだわ」

「案外、悲観的…なんだね」

「悲観的ってなによ?」

口を尖らせて、母は聞いてきた——インテリぶって難しい言葉を使うんじゃない、と非難してくる。

文弥は説明した。

「た、例えばね…山で迷子になったとします。朝になれば、きっと…助かるって思えるのが楽観的な人。は…反対に、もう死ぬしかないんだと思うんなら、ひ…悲観的ってこと」

「そうね……あたし、悲観的かもしれないわ。先にはろくなことがないと思ってきたもの。だから、今を楽しむのよ。そうでなければ、ずっとずっと怒ってなきゃならないからね」

「ぼ…僕も、悲観的なほう…かな。僕の場合、お、怒らずに、めそめそするって形になりますけど」

「親子ってことかしら」

母はやや嬉しそうに文弥を見た。

そして、鋭く言い当ててきた。

「悩んでいる顔だわ」

「え？」

「分かるの。なにか悩んでいるでしょう？」

「………」

文弥が将来をどうするか決められずに悩んでいると打ち明けると、母はそんな悩みではないはずだと言ってきた。

「恋の悩みって顔してる」

「……そ、そんなことはない…です」

「言いなさいよ」

母は手を伸ばし、文弥の腕を摑んで揺すぶってきた。

そんな母の着物には桜が舞い、戸外では雪が飛んでいる——桜と雪、雪と桜。

（ああ、え…えるんすとさん……！）

文弥は赤松伯爵の子息と恋仲になったことを母に告白した。男同士のことなのに、母は驚きもせずにもっと話せと促してきた。

「か、彼は…あと一月もしないうちに、オ、オーストリアに旅立ってしまうんです。一緒に行こうと誘われているけれど、い…色よい返事が出来なくて……彼と離れたくはないけれど、う、海の…向こうに行く決心はつきません。自分に…なにが出来て、なにをしたいのかも分からないのに、み…右も、左も、分からない国に行くのは怖い。な…なにも出来ないで終わることになりそうだから」

「なにも出来ないってことはないわよ」

母は即座に言った。

「愛すればいいわ」

「ぼ…僕は、女じゃないんですよ。つ、妻にも、愛人にもなれない。き…きれいに化粧して、着飾っていればいいってもんじゃ…ない、でしょう」

「三味線を弾きなさいよ。絵を描いて、短歌を作りなさい。伯爵の息子の心を和ませてやればいいのよ。ついでに、他の人も和むでしょうよ。それがお前がそこにいる意味になるわ。立派なことなんてしなくていい。出来ることだけするの。ただし、心を籠めてね」

「ぼ…僕は、あなたじゃない…——」

「でも、あたしの子よ?」

柳橋の人気芸者は言った。

「ほんとに好きなら一緒に行けばいい。おいでと言われたのに、行かなかったことをあたしはずっと後悔してきたわ。人生はたった一回しかないの。今の歳になって思うのは、自分が考えるより悲惨なことはまず起こらないってことね。案外、先には楽しいことしかかったのかもしれない。男の全員が裏切るわけじゃないし、恋にも必ず終わりがあるわけでもない。ずっと続いていく恋があると信じてもいいんじゃないの？」

「もし…ぼ、僕が行ったきりになったら、あ、あなたは……？」

「大丈夫、なんとか生きていくわよ。心配しなさんな。あたしには三味線があるし、昔ほど物知らずじゃなくなって、生きるのが楽になってきたところよ」

「そ…そう、なんだ」

「お行きなさいよ、文弥。たった一回の人生よ。その人生、誰のもの？」

その問いが心に突き刺さる。

「僕の、もの…か」

「お前はあたしが欲しくて産んだけど、手放さなきゃならなかったとき、あたしはお前の人生はお前のものだと分かったの。あたしが関わろうと関わるまいと、お前はお前の人生を歩いていくのよ。あたしがあたしの人生を行くしかないようにね」

「お、お母さんが僕を産んだのは十四歳のとき？　ならば、ぼ…僕を小堀の家に置いてきたのが、十五のときですね」

「そうね、たぶんそのくらいだったわ」

母は単純に頷いたが、たった十四、五の娘がそんなふうに悟るしかなかったのは、なかなかに壮絶だ――彼女は我が儘でも奔放でもなく、すべきことをしただけかもしれない。

「出航のときは見送りに行くわ。知らせてよ」

そう言い置いて、花街に生きる母は去っていった。

(今夜は誰と……?)

文弥はいやいやと首を横に振った。

そして、自分を産んだ女の人生を思い、その先の幸いを祈ったのだった。

＊＊＊

寮で眠る最後の夜、惣一郎は文弥を部屋に呼んだ。

思い悩み、逃げかけ、それでも惣一郎から目を離せないでいた文弥に対し、今の彼はもう焦りも悲しみも怒りも乗り越えて、ただただ愛おしさしかない。

このぐずぐずと煮え切らない、子供っぽく、臆病な芸者の落とし子を……――それだからこそ惣一郎は愛した。文弥が羨望と憧憬の眼差しで、自分は尊重されるべき人間なのだと思わせてくれたことには感謝している。

共に過ごした日々への後悔はなかった。

(別れたくはない。たとえ今夜限りで別れることになっても、オレが会いに来ればいいんだ。何度も何度も海を越えて)

父の伯爵のように。

惣一郎は前に立つ文弥に手を伸ばし、その小振りな頭を覆う絹糸のような黒髪をゆっくりと撫でた。この冷ややかに流れる感触を忘れないでいよう、と。

「ついて来ないんだな？」

「い…今は、まだ……」

久しぶりに目を合わせ、文弥は答えた。

「こ、この学校を卒業して、て、帝大の医科に進もうと思っています。に…二年目が終わる頃、あなたの心が変わっていなかったら、ぼ、僕は、海を渡って会いに行きます。そ…んな結論になりました。こ、これで…許して、いただけるでしょうか？」

「慎重だな、お前らしいよ」

少なくとも、最悪な結果ではなかった。

会えなくなるのは三年…たったの三年間だ。自分の気持ちが変わらない自信はある。

その三年間のうちに自分自身は大学に行き、その傍ら事業を覚え、祖父の信頼を揺るぎないものにすればいい。

「待っているよ。オレはオレのすべきことを全部して、お前が来るのを待っている」

「ぼ…僕は、医者にはならないという結論になっているかもしれませんけど、そ…それでも構いませんか？　相変わらず、絵や短歌も続けます……どうせ続けずにいられないから。も…もしかしたら、根無し草みたいになっているかもしれないけれど……──」

「オレが根っこを生やさせ、植えるところを見つけてやるさ。なにも心配しないで、しなきゃならないと思うことを全力でやってみるがいい」

「ありがと…ございます、本当に……本当はずっと一緒にいたいんです。あなたが好きなので。と…とても、愛して…います。これ以上はないと、思うほど……」

黒目がちの瞳が揺れ、滲み、白い頰に涙が伝った。

涙を指で拭ってやりながら、惣一郎は言った。

「さあ、抱き合おう」

自分が今したくて、出来ることはそれだけだ。

「時間があまりない。お前の全てを可愛がるには、本当は一晩だけじゃ足りないんだ」

「え…えるんすと、さん」

「おいで」

寝間着を脱がせ、下帯の紐を解き……全ての行為を丁寧に、文弥の所作の一々を記憶しながら、惣一郎はことを進めた。

頭から足の指先までも所嫌わずの口づけを浴びせ、文弥の喘ぎを耳にしつつも、今夜は熱くなれないかもしれないと思う。

しみじみとしていた。

（……オレはがっかりしたんだな）

正直なところ、結局は一緒に来るだろうと思っていた。その期待を完全に裏切られ、もちろん納得は出来たものの、惣一郎は少し傷ついた――いや、少しではない。

「ああ」

この肌の温もりは、自分が温まるためにあるのではないのか。この小さな胸の突起は、自分がしゃぶりつくためにあるのではないのか。

（文弥を文弥に返してやらねばならないんだな）

なんて自分勝手なんだろう、文弥は。一人で生きてみたいなどと、二人でいることを楽しんだ後に言われる身になってみるがいい。

（オレが愛してやるのに……愛してやりたいのに！）

無念だ……ああ、無念としか言いようがない。惣一郎は文弥を抱き締めながら、溢れる涙を堪えることが出来なくなった。

「えるんすと…さん？　な、泣かないで」

「泣いてない」

「ぼ…僕がいないと、寂しい？　つ、辛すぎる？」

恥ずかしげもなく、惣一郎は頷いた。

「オレは…東洋人の血が入っているから、オーストリアでも、本当に受け入れられるということは、たぶん…ない。日本でだってそうだった。どこへ行こうと、オレは異質なんだ。受け入れられない。孤独でいるしかないんだよ……だから、お前が側にいるのがいい」

「さ…三年です。三年したら、会いに…行きますから」

「三年かぁ……オレにとっては、永遠の長さに思えるな」

「す、すみません」

すみませんと謝りながら、文弥は惣一郎の上になる。

胴に馬乗りになって、惣一郎の唇を貪った。意外にぽってりとした唇を上と下と別々に吸い、わずかに開いたところに舌を差し入れた。

惣一郎はなかなか応えなかったが、文弥は辛抱強く舌先で誘った——それもこれも惣一郎に教わったやり方だ。

吸い上げた舌を唇で強弱をつけて挟みつける。

「……う、うう」

惣一郎が小さく呻き、文弥の顔を両手で包んだ。

自分から口づけてくる。

唾液が泡立ってくるほど口づけを繰り返し、目を合わせ、そしてやっと微笑みを交わすことが出来た。

「今夜はお前が動いてみろよ」

惣一郎に言われ、文弥は恥ずかしそうに頷いた。

襟をぐいと両方に引いて惣一郎の胸元を寛げると、まずはそこに顔を埋める。チロチロと小さく舌を動かし、胸の突起を硬くさせた。

強く吸い上げると、惣一郎が息を詰めた。

「……っ」

感じて貰えるのは嬉しい——尻上がりに、文弥は大胆になっていった。首筋を舐め上げ、形のいい耳をしゃぶる。温かい息を吹きかけながら、手を下へ下へと這わせた。

下帯の紐を解いた。

日本人離れした長い大腿を撫で、さらに奥へと。

温かく湿った場所で、それは勃起しかけていた。重たげな後ろの袋を掌で包み、やわやわと揉む。中にある二つの球を摺り合わせるようにすると、惣一郎の息づかいが荒くなった。

「痛くない…です？」

「痛くはない。ちょっと…危ういような感じがするだけだ」

「て…丁寧に、しますね」

「う、うっ……」

根元に緊張が走り、完全にそれが勃起した。

文弥はずり下がって惣一郎の足の間に蹲《また》がった。そそり立った惣一郎を口に咥え込み、根元を指で作った輪で扱き立てる。唇を窄め、張り切った亀頭の下を刺激していく。口腔内が惣一郎でいっぱいで飲み込む余裕がなく、唾液がだらだらと幹を伝った。それでも構わずに続けた。

やがて脇腹が震え、足の付け根が緊張し、惣一郎が射精を堪えているのが伝わってきた。彼を達かせたくて、文弥はますます口での奉仕に熱心になる。

「文弥、もういい……上に来いよ」

「えっ、上に？」

「舐めないと、痛いだろ？　オレの顔の上に腰を下ろせよ」

そんなことは出来ないと、文弥はいやいやと首を横に振った。

「つ、通和散《つうわさん》がありました…よね？　僕、自分で塗りますから」

「どこに仕舞ったか分からないんだ。だから、おいで」

「え」

「おいで」

惣一郎は文弥の腰を捕らえ、力づくで自分の顔の上にくるように引っ張り上げた。

「あ、あぁ」

ひどく抵抗ある体勢を取らされ、文弥は平静ではいられなくなった。大好きな人の美しい顔の上に、自分の密やかな部分を押しつけるのだ――こんな恥ずかしい、辛いことがあるだろうか。こんな刺激的なことが他に。

文弥は前をこれ以上ないほど硬くさせ、惣一郎の舌が伸びてくるのを待った。伸びてきた舌は窄まりを突っつき、唾液を執拗に塗り込め始める。その感触は総毛立つほどの衝撃だが、それでいて慈愛に満ちている。

「あっ、うう…ん」

いつしか、文弥はもっと…とねだるように腰を落としていた。びっしょりと濡らされ、開かされたそこがひくついているのが自分でも分かった。

（なんて、恥じらいのない……！）

泣けてくる思いがする。惣一郎がいなくなったら、これをどうやって慰めるのか。自分にそんな場所はないという顔で暮らしていけるのだろうか。

身体は惣一郎を覚えている――限界まで彼を受け入れ、激しく擦られる充足感。さらに、追い詰められ、危ういほどの悦楽にまみれた記憶が消せるわけもない。

「もう…僕、あ、あなたの…――」

「オレの、なんだ？」

文弥は困惑し、口籠もり……多くの卑猥で滑稽な呼び名から、一つの単語を選んだ。

「あなたの…お、男根を、入れたい…んです」

可憐な唇がひどく言い難そうに言うのに、惣一郎は背筋がゾク…とした。

「自分で入れてみたらいい」

文弥は惣一郎の腰に跨《またが》り、位置を定めた。自分のそそり立ったものを惣一郎に晒しながら、彼のそれを支え持ち、濡れているそこへ当てがった。

じわじわと腰を落としていく。

「あ……は、はぁ」

途中で休み、熱い溜息を吐いた。

惣一郎が膝を叩いて催促してくるのに、またゆっくりと自分から串刺しになっていく。

全部入れてしまってホッと息を吐いたのも束の間、惣一郎が下からの突き上げを開始した。逃げかかる文弥を固定して、彼は開いた足で弾みをつける。

文弥の感じる箇所ばかりを小刻みに責め立ててきた。

「あ…あうっ、ううっ」

痺れるような快感が背筋を突き抜け、文弥は太股を震わせた。

パシャ、と精液が散った。

それを身体に浴びながら、惣一郎が上体を起こしてくる。

繋がったままで、向かい合った。

文弥は惣一郎の顎に付着した自分の体液を指で掬ったが、拭くものが見つからず、それを彼の首筋に塗り込んだ。

「お前の匂いだ」

くっと惣一郎は笑った。

文弥は恥ずかしくて、目を逸らしてしまう。

その顎を捕らえ、惣一郎は口づけた。

「もっと達かせてやるよ、今夜は。三年分、愛してやる。何度も何度も達ったら、その身体はオレを忘れないだろう」

「わ…忘れるわけ、ないです。これまで、何度も…何十回も、もしかしたら百回も——」

「そうだな」

惣一郎が上になった。

文弥は布団に背中をつけて一心地つこうとしたが、惣一郎はそんな暇を与えなかった。

早速奥の奥まで自身を埋め、その状態で激しく腰を使った。

文弥は内臓を押し上げられる苦しさの中で、惣一郎と最も深いところで繋がっているのを実感した。自分の中にいる惣一郎の形に意識を集中させ、それを押し包む自分のイメージに酔う。どちらが抱いているのか、抱かれているのか。

この一体感がもうしばらく味わえないかと思うと、切なさに涙が滲んでくる。自分で決めたことなのに、誰かに強制されたかのように思われて仕方がない。

(ぼ…僕は、間違ったのか……?)

いやいや、そんなことはないはず……慎重に、慎重に、いろいろな可能性を考え、最善と思う道を選んだつもりだ。誰にも、惣一郎にさえ非難されるいわれはない。

惣一郎が動きを大きくし始めた。

文弥はもうまともに考えられなくなった。彼に思うさま揺さぶられ、押し寄せる快感に溺れていく……。

あらかじめ言ったとおりに、惣一郎は文弥を何度も絶頂まで連れて行った。

声を涸らし、どちらのものとも分からない体液にまみれ、明け方、文弥は絶え入るように目を閉じた。

「おやすみ、文弥。このままお前を連れ去ってしまいたいよ」

惣一郎は言ったが、文弥に聞こえたかどうかは定かではない。

熱くなれないとまで思った最後の情交は、我ながら狂気じみたものだった。最後の一滴まで文弥の中に注ぎ込み、満足するはずが、心に巣食った虚しさは消えなかった。

（どうか…どうか、オレを忘れてくれるな）

薄明かりの中に立ち上がり、惣一郎はしどけなく眠る文弥を目にしっかりと刻みつけた。

朝食の開始を知らせるドラの音に、文弥がハッとして飛び起きたとき、頼もしい恋人の姿はもうどこにもなかった。

「……い、行ってしまったんだ」

朝一番の列車で東京に向かい、一日を家族と共に過ごした後、惣一郎は翌日の昼前に横浜港から出る大型客船に乗り込む。

窓から降り注ぐ朝日の中に、見えた気がした彼の残像に手を差し伸べ、ぎゅっと抱き締めてみた——しかし、それはやはり錯覚で、文弥は自分で自分を抱き締めただけだった。

（僕は一人だ……一人に、なってしまった。彼はもういなくなった）

想像を絶する虚しさに、文弥は茫然とするばかり……——涙を流すことも忘れて。

＊

惣一郎の出航の日。

文弥は朝食を食べる気になれず、かなり早くに教室の自分の席についた。外では小雪が舞う一段と寒い朝である。

心は真っ白で、なにも考えることが出来ない――抜け殻になってしまったかのように。

始業時間が近づいてきた。教室の席は埋まりつつあり、誰かに挨拶されたような気がしたのに、自分がちゃんと返したかどうかも曖昧だ。

「小堀くん！」

坂本が目の前に現れた。

「見送りに行かなきゃダメだよ」

彼は言った。

「なんにせよ、そういうけじめをつけとかないと、前を向けないもんだよ」

「じゅ…授業があるもの」

「こういうときこそのサボタージュでしょ。安藤くん、手伝って」

「え、オレ？」

安藤は坂本がなにを言っているのかさっぱりだったが、坂本の勢いには逆らえなかった。

「駅まで送るんだよ。小堀くんは赤松先輩の見送りに行くんだから」

「そうか、そうだな。うん、行くべきだ」

二人は両側から文弥を抱えるようにして立ち上がらせ、今しも教室に入ろうとしていた教師の前を通っていく。

「小堀くんは具合が悪いのかな?」

三人に無視された教科担任は、他の生徒たちに尋ねた。うんうんとみんなが頷いたというのに、慌てたクラスメートの一人が叫んでしまった。

「マントがなきゃ！　今日みたいな日に外出じゃ、マントがなけりゃ風邪を引く。先生、届けていいですか?」

「まぁ…いいだろう。でも、きみはすぐに戻ってくるんだよ」

坂本と安藤は、マントに身を包んだ文弥を引き摺るようにして駅へと急いだ。

坂本が切符を買って文弥のポケットに突っ込んだ。

「横浜に着いたら、駅前から人力車に飛ばしてもらうんだよ。そうすれば、なんとか出航に間に合うことが出来るはず。きみは赤松先輩にちゃんとさよならしなくっちゃダメだ」

背中を押して、列車に乗せる。

「さ…さよならはもうしたんだけど……一昨日の晩に」

「いいから」

安藤も言う。

「外国への船出って特別なもんだ。目にしてやっと遠くへ行ってしまうってことが分かる。行ってきなよ」

汽車が走り出した。

文弥は次第に小さくなっていく友人たちがとうとう見えなくなると、ふらふらした足取りで客車に入り、崩れるように席に座った。


横浜駅に到着すると、坂本の言う通りに人力車を頼んだ。

「確か、昼に出る外国船がありやしたな。お客さん、お見送りに？」

「え…ええ」

「飛ばしやすよ。しっかり摑まっててくださいよぉ」

人力車は飛ばしに飛ばして、どうにか出港前に文弥を港へ降ろした。

大きな客船はすでに蒸気を上げていた。

タラップが下ろされ、乗船客は見送りに来てくれた人々に最後の挨拶をしてから、次々と甲板に上がっていく。

文弥は巨大な積み荷の後ろに隠れるように立ち、家族や見知らぬ友人たちに囲まれている惣一郎を眺めた。

腕にしがみつくようにして坊主頭の少年が泣いているが、たぶんあれがしっかりしているという十三歳の弟だろう。髪にリボンをつけた洋装のあどけない少女もいた——ピアノを習っていたという妹か。

父親の赤松伯爵の姿はなかったが、すらりとした日本髪の女性が付き添っていた。彼女が赤松伯爵夫人だろう。目障りな継子が異国に出て行ってくれるのは喜ばしいはずが、さすがに神妙な顔つきになっていた。

別れを惜しむ家族の中に割って入ることは出来ず、文弥はその場に立ち尽くすのみ。

(え…えるんすと…さん……)

本当に、本当に彼は行くのだ――遠い遠いオーストリアへ。

すぐに会いに行けない場所に行ってしまうから、彼の弟妹は泣きじゃくり、継母も昔を思い出して複雑な心境になっているのだ。

惣一郎は家族に最後の笑顔を見せ、友人の一人一人に頷いてから、ゆっくりとタラップを上っていった。

甲板に立ち、彼は雪交じりの海風に髪を靡《なび》かせた。見送りの人々を見下ろすその姿は、和服を戯れに着てみた外国人にしか見えない。雲が割れ、そこから斜めに差してきた日光が、柔らかなその金茶色の髪をきらきらと光らせ始めた。

文弥は初めてじっくりと惣一郎を眺めた日を思い出した――眠っていた彼の髪の色合いに驚き、次いでその瞳の色をも見たいと思った。惣一郎は文弥が好きだった外国の絵本に出てくる王子にそっくりだった。美しくて、逞しくて。

「ああ」

文弥は失意に呻いた――王子が…文弥の唯一無二の王子さまが、遠い世界へと旅立っていく。見送るしかないのだろうか、もう。

船から垂らした白いテープで、惣一郎はまだ見送りの人々と繋がっていた。

出発を告げる汽笛が改めて鳴らされ、船は方向を変えるべくじりじりと動き始める。名残惜しさに、乗船客たちはテープを握ったままで船尾のほうへと移動した。

感慨に浸りながら、惣一郎は岸に並んだ見送りの人々に今一度ざっと目を向けた。

（！）

ついに、彼は気づいた――少し離れた場所でひっそりと佇む文弥の姿に。

「ふ、文弥……あぁ、どうしてここへ……⁉」

「え…えるんすと、さん！」

目と目が合ったのを確信するや、文弥の固まったように動かなかった足が前へ前へと進み始めた。

惣一郎がなにかを口にしたようなのに、海風がその声を文弥の耳まで届かせない――ああ、今彼が口にしたのは自分の名前だろうか。

文弥は無我夢中で人々を押し退け、テープをかいくぐり、コンクリートで固められた船着き場のぎりぎりまで前に出た。

船は最後の汽笛を高々と鳴らし、少しずつ海を進み始めた。五メートルも進んだところで、乗客と見送り客を繋いだテープが次々と切れた。

船は前へ前へと……。

文弥は身も世もなく泣いた。もう二度と会えないだろうと思った。自分の完璧なはずの決断が、甘ったるい認識と自己保全で出来ていたと認めないわけにはいかなかった。

自分はなにも分かっていなかった。なにが一番大事で、なにを優先しなければならなかったのか……。

そんな文弥の前に、実母が忽然《こつぜん》と姿を見せた。柳橋の芸者は腹を痛めた子供との別れと思い、こっそり見送りに来ていたのだった。

「なぜ船に乗らなかったのっ」

琴音は文弥を怒鳴りつけた。自分の助言を聞き入れなかった愚かな息子をなじり、顔を真っ赤にして地団駄《じだんだ》を踏んだ。

「なんて馬鹿な子なの、お前は！　たった一回、自分の人生だって教えたじゃないのっ」

あろうことか、琴音は文弥を海へと押し出した。

ド…ドボッ！

「お、おお⁉」

人々はどよめいた。

「凍りつくような海だぞ、正気か？」

「早く、早く引き上げないと」

「港の管理人を呼べ！　海軍はいないのか⁉」

凍てついた冬の海は濃い色をしていた。

突き落とされ、海中に沈んだ文弥は船着き場の騒ぎを知らずに、海水の沈黙の中で目を開けた。刺すような冷たさのお陰で、本当に久しぶりに頭の中がクリアになった。

これまでに一度もなかったほど文弥は冷静だった。身体にまとわりつく衣類が邪魔で、とりあえずマントを脱いだ。

脱皮したかのように、身体が一気に軽くなる。泳ぎには自信がないではない。身体が弱いのを心配した養父母に、幼児期に隅田川で水浴をさせられていたからだ。

水面に浮かび上がるまでに、文弥はどちらに向かうべきか決めていた。いや、決めたのではない。心の声に従ったのだ。

（僕は自由になる。全てのしがらみから解放されて……！）

文弥は岸に背を向け、痺れるような冷たい水の中を船に向かって泳ぎ出した。抜き手を使い、足を魚のひれのように動かし、スピードを上げた。

（待って、僕を置いて行かないで！　一緒に行く…どこまでも一緒に行くからっ‼）

船上で一部始終を見ていた惣一郎は、必死に船員に掛け合った。らちが明かず、甲板を滑るように駆け抜け、直接船長と話すに至る。

「あれは、一緒に行くはずだったオレの大事な人間なんです。引き上げてください。どうせもう岸には戻りません」

「欧州までご一緒に…ですか？」

「ええ、連れて行きます」

文弥は船のすぐ横まで泳ぎ着いた。

長い綱に結ばれた浮き輪が投げられ、有り難くそれに摑まった。

さらに、つるべのような装置を用いて、惣一郎を乗せたボートが水面にそろそろと下ろされた。

「文弥、さあっ」

惣一郎は手をいっぱいに伸ばし、冷たい海水に漂う文弥を手繰り寄せた。自分が濡れるのも構わずに、逞しい腕で濡れそぼった恋人を抱き、全力で水から引き上げた。

紫に変色し、動きの鈍い唇で文弥は言った。

「……あなたに、つ…ついていきます。どこまでも」

言い切った途端に、皮膚に火傷するのではないかと思われるほど熱い涙が迸り、流れた。

「どうして、僕は…待っていられるなんて、思ったんだろう。三年は…な、長すぎる」

「ああ、文弥」

惣一郎は骨よ砕けよとばかりに文弥を抱き締め、熱い唇を冷たい唇に押し当てた。

「よく…よくぞ、ここへ……！　お前の意思を尊重するなんて格好をつけ、強引に掠って

来なかったことをオレはどんなに悔いたことか」

「す…好きなんです……あなたなしでは、もう…生きていかれないほど」

「愛しているよ。二度と放さない。一生ずっと一緒にいような」

「はい、え…えるんすと…さん」

引き上げてもいいかという声が掛かるまで、二人は固く抱き合っていた。

気づけば、もう港の船着き場は遙か彼方だ。引き上げられていくボートの縁に摑まりながら、文弥は東京湾の形を目に焼きつける。

なにもかもを置いて、恋人についていこうという衝動は正気の沙汰ではない。しかし、それに従った自分に対する満足はあった。

これでいい——なによりも、彼を愛して生きればいい。

(狂い咲き…かも)

曇天に舞う雪が、来るべき春を寿《ことほ》ぐ桜の花びらのようだった。

あとがき

ラストシーンにBGMを流すとしたら、椎名林檎《しいなりんご》の『NIPPON』だわなと勝手に決めている水無月《みなづき》さらです（笑）。こんにちは。そして、文弥《ふみや》のママンのテーマ・ソングは『夜桜お七』でどうでしょね。

今回のお話は、欧米人の母を持つ美青年に和装させたいってところから。マンガでいうと、木原敏江《きはらとしえ》さんの『摩利と新吾』の摩利くん。本編で和装はほとんどなかったと記憶してますが、大和和紀《やまとわき》さんの『はいからさんが通る』の伊《い》集院《じゅういん》忍《しのぶ》少尉《しょうい》もかなりイメージに近いです。明治・大正時代の華族の子息にそういう生まれの方がいたかどうかは定かではないですが、旧制高校もののオマージュ作品ってことで、時代小説にはありえない軽さで書いてみることに。

全体にナンチャッテな雰囲気でいくのもアレかと思い、一応事前に当時を彷《ほう》彿《ふつ》させるいくつかの小説を流し読みしましたよ。鷗外《おうがい》と北杜夫《きたもりお》の自伝的小説は外せないとして、他には三島《みしま》の初期とか川端《かわばた》の『伊豆の踊子』、夏川雨雪《なつかわうせつ》『旧制高校、夢時代』…など。興味のある人は捲ってみてもいいかもです。年齢を誤魔化してかなり幼くして入寮した鷗外センセーが、年長の友人からちょっとオレの布団に入りなよとか言われたりしてますの。一方、第二次大戦前後が青春期で、旧制高校のほぼ最後の卒業生になる北杜夫は歌人・斉藤《さいとう》茂吉《もきち》の息子さんですが、父への憧れと劣等感を心に、戦後はいつも空腹を抱えながら詩や短歌をノートに書き殴ってたようです。わざと載せたにしてもその駄作っぷりはしみじみと可笑しく、後の作品に繋がる感受性が見受けられて楽しいですよ。

　母校の百周年記念に発行された小冊子も参考になりました。寮の一室を写した写真と説明、ヒマラヤ杉を背負った洋建築の図書館も素敵です。沼津の保養所での様子を捕らえたスナップからは、赤いふんどし一丁で遠泳をさせられるという、延々と受け継がれてきたトラウマもんの行事が垣間見えたり（爆）。

　そう、この時代の下着はふんどしです。いくら美形に描写したって、文弥も伯爵《はくしやく》令息《れいそく》エルンストも脱げばふんどし姿なんですよね。紐とぺろんと長い布で出来ている、脱がすもずらすも楽ちんなクラシック・パンツ。『はいからさんが通る』の蘭丸《らんまる》くんの下着がふんどし——でも、花柄だったのは絵的に衝撃でしたが、他のを穿《は》かせることはわたしにも出来ませんでしたよ……よよのよ。

　ここで補足説明を少し。旧制高校は今の大学に相当し、ここから帝大へはわりとスムーズに上がれたようです。帝大は大学院にあたるのかしら。だから、旧制高校の生徒はすでにエリート。先生も教授と教師が入り交じっていたみたい。また、鷗外でなくても、中学を四年で切り上げるか、六年までやるかで、入学年齢にも幅がありました。もちろん、落第――俗に言うドッペリもあったので、同じ高校生と言っても、つるんとした少年から髭《ひげ》ぼうぼうのオッサン面までがひしめく寮生活……――って、や…やばしっ!!　と思うのはわたしだけ？

キルシュブリューテという副タイは、担当さんがぜひにと言うから付けてみました。「頭痛が痛い」に近くないかと思ってたんですが、宝井理人《たからいりひと》先生の表紙イラストの可愛らしさには上手くマッチしました。うんうん、素晴らしい。

とにかく、桜は日本人の心の花で、温泉街には雪です！　文弥のママンには死体から養分を吸い上げる桜の精として、まだまだ狂い咲いてもらいましょ。

わたしの肘の腱鞘炎《けんしょうえん》が悪化《こ》し、担当さんがご病気で入院され、他にもいろいろとあって、よくも出版まで漕ぎ着けたなあと思われる本でございます。なんだか感慨深いなあ。その節はあちこちにご迷惑とご心配をおかけ致しました。

そんなわけで、読者のみなさまには楽しくお読みいただき、愛されることを切に切に願っております。どうぞよろしく。

作家・イラストレーターの先生方へのファンレター・感想・ご意見などは
〒101-0063東京都千代田区神田淡路町2-2-2
白泉社花丸編集部気付でお送り下さい。
編集部へのご意見・ご希望などもお待ちしております。
白泉社のホームページはhttp://www.hakusensha.co.jpです。

花丸文庫 BLACK

桜ノ国 ~キルシュブリューテ~
2015年2月25日　初版発行

著　者　水無月さらら ©Sarara Minaduki 2015
発行人　菅原弘文
発行所　株式会社白泉社
〒101-0063 東京都千代田区神田淡路町2-2-2
電話 03(3526)8070[編集]
電話 03(3526)8010[販売]
電話 03(3526)8020[制作]
印刷・製本　図書印刷株式会社
Printed in Japan　HAKUSENSHA
ISBN978-4-592-85128-8

定価はカバーに表示してあります。